ウクライナへ行ったある義勇兵

FREEDOM AT ALL COSTS

シャリーフ・アミン
SHAREEF AMIN
神原里枝 訳

原書房

ウクライナへ行ったある義勇兵

C O N T E N T S

C O N T E N T S

あらゆる犠牲を払って自由を守り、息絶えた
ボロダイ・オレクサンドル・オレクサンドロヴィッチ教授に捧げる。
わが命を救ってくれたシュム（オレグ・シュモフ）にも。

「……世界にいる文民（職業軍人の経歴をもたない者）の皆さんへ……
ウクライナ人と力を合わせて戦いましょう……われわれは戦っています……
国土を、そしてわれわれの自由を守るために……」

――ボロディミル・ゼレンスキー大統領

本書は、次のような方々に、ぜひ読んでいただきたい。

❖実話に興味をそそられる。

❖戦争が、軍人と、日々を生き延びようとする文民の双方にどのような影響を与えるのかを知りたい。

❖逆境を乗り越える方法を身につけたい。

❖骨太な回想録を味わいたい。

❖コンフォートゾーン（快適空間）から一歩踏み出すために必要なものを探求したい。

❖自分の物語を、言葉で表現する創造性を必要としている。

❖ウクライナ戦争の実態を、兵士の視点から知りたい。

❖人道主義の旅にどっぷりと浸かりたい。

❖自分の周りの世界をよりよくしたいと思っている。

❖自信を探し求めている。

❖仲間意識や友情が生み出す秘密を知りたい。

本書で述べられている見解、持論は、イギリス国防省およびイギリス軍に帰属するものではなく、あくまでも著者本人のものです。

また、本書は、著者が現在に至るまでに長く経験してきたことの回想録です。名前や特徴に変更を加え、出来事は簡潔にまとめ、会話は再現したものです。

さらに、任務や経験を追体験することでPTSDを発症した著者のエピソードがあります。この点を表現するために、文章の一部は現在形となっています。

なお、過去に一般的だった考え方も記載されています。そのため、文脈に当時の言葉遣いを用いて時代を反映しています。不快感を与える意図はなく、全体として知識不足な時代だったことがすぐわかるように使用したものです。

序文

二〇二二年二月二四日の朝、ロシアのウラジーミル・プーチン大統領が、軍にウクライナ侵攻を命じた。第二次世界大戦以来、ヨーロッパで最大かつ最悪の地上戦が始まったこの時、プーチンは厳しい警告を発した。

彼が仕掛けたいわゆる「特別軍事作戦」を邪魔する者は、歴史上見たこともないような結果に見舞われるだろう。

ロシアがおよそ六千発の核弾頭を保有して挑みかかるこの脅威は、ウクライナと西側諸国を恐怖に陥れ、ウクライナ人の反撃の意志を打ち砕くために計画されたものだった。プーチンには、ロシアに勝算があると信じるだけの理由があった。

結局のところ、西側諸国はこの十年以上、ロシアの侵攻を、見て見ぬふりをしてきたのである。ロシアとの緊張状態が悪化することを恐れていたのだ。最初はチェチェン、ジョージア、シリアで軍事介入が行われた。プーチンはすでに二〇一四年に一度ウクライナに侵攻していたが、手首をひっぱたく程度ですませていた。

二度目の侵攻のわずか半年前、プーチンは、アメリカとその同盟国がアフガニスタンから撤退するのを見ていた。西側諸国の衰退は末期的だと確信した。西側諸国は、ウクライナのために協力しようとはしないし、反発もできないだろう、と。

ところが、幸いにも、プーチンの目論見が見事に外れたことが証明された。

勇猛なボロディミル・ゼレンスキー大統領率いるウクライナは抵抗したのだ。すぐにロシアが勝利を収めるだろうという希望を打ち砕き、首都キーウが数日で陥落すると信じていた専門家たちを失望させた。

西側諸国は抵抗した。主力戦車など比類ないレベルの軍事支援を行っており、すでにF‐16戦闘機の供与にまで支援を拡大している。

さらに、世界が抵抗した。国連ではほぼ全会一致でこの侵攻を非難し、中国など、ロシアの最も親密な同盟国さえも怯ませたのだ。

だが、優れた人々や世界的な組織が抵抗したところで、支援する人たちの決意が固まっていなければ、まったく意味をなさない。軍服を着ていようがいまいが、男も女も歴史の叫びを聞き、それに応えようと心を決めたのだ。

その中にいた二万人の外国人ボランティアは、快適で安全な故郷を捨ててウクライナに渡り、ほとんど知らない国や国民を守るために、命の危険にさらされながら支援活動を行った。彼らは、信じていたからだ。

イギリス陸軍の退役軍人で、アフガニスタンでの戦争に参加したシャリーフ・アミンもその一人だ。ヨーロッパにおける独裁の蔓延を食い止めようと決意した彼は、侵攻開始とほぼ同時にウクライナに飛び、自分の知識をまるごと伝授した。そして、ウクライナの人々とともに武器を手に戦い、危うく、命という究極の代償を払うところだった。

彼は、ロシア軍の地上部隊からの砲撃を受け、ウクライナやイギリスで数カ月間療養した。本書は、その療養期間に執筆したものだ。その後、彼は前線に戻り、再び戦場から負傷者を避難させる任務に就いた。

シャリーフの言葉は、今、プーチンへの警告となっている。彼のような、ロシアに抵抗する勇気をもつ人々が存在する限り、ロシアの謀略は失敗に終わるだろう。

シャリーフの大義と原動力は揺るぎない。必ず自由を勝ち取るために、戦うのだ。

クリス・プレザンス
フリーランスの国際ジャーナリスト
『デイリー・メール』Ｗｅｂ版の元チーフ外国人記者
theworldexplained.co.uk

ある人道主義者の大義

どんな犠牲を払っても守り抜くために

ウクライナに到着して最初の仕事は、求められた場所で人道支援をすることだった。一般的な支援を行い、少しでも快適でいられるように手をさしのべ、そうするうちに医療を提供し、基本的な救命救急処置を教えるようになった。誰かに新しい知識や技術を教えると、そのたびに波及効果が生まれる。しかも、人命救助は重要事項だ。私はいつの間にか、ウクライナの人々が、軍事技術を用いて自分の命を守り、人命救助を行えるように、毎日、訓練を行い、準備を進めるようになっていた。しばらくして、彼らを率いて前線に向かった。リスクを冒して前線に赴くことは、生死に関わることだ。村を守り、文民を避難させればより多くの命が救われることを知っていたし、リスクを冒すことに価値があることもわかっていた。

このような状況を甘く見ないでほしい。前方に進むたびに全身の骨が痛み、あらゆる感情がわき起こり、すべての感覚が高まる。頭の中にあるあらゆる考えが、別の道を行けと命じる。訓練された兵士と支援者のマインドセットが発揮される時が来た。厳しい訓練によって恐怖心を無視するよう教え込まれ、備えられるようになる。自分の連隊にいる時には、バンド・オブ・ブラザーズという特別な絆によって、人命救助のために行動しているんだと自覚できる。それに、心の中にある誇りと名誉が、撤退を認めないはずだ。連隊のために、進み続けなければならない。自分自身のために進み続けなければならないのだ。戦争とは、たいていは自由という重要な大義のために、命を犠牲にする危険な取引である。前に進むことに不安がつきまとう。それでも、いつの日か自分は戦いに戻ることになると信じているはずだ。「命を落とすのは、自分じゃなければいいのに」と思う。だが、他の人であってほしくもないだろう。その一方で、戦場に踏み込めば、自分にとって今日が最後の日になるかもしれないことは、重々承知しているはずだ。

本書を執筆した理由

本書を執筆したのは、英雄的な行動で感動を誘うことが目的ではない。自分が何者なのか、また、誰よりも重要な、命を捨てられるほどの大義のために、必要なものは何なのかを理解することを目的としている。

世界に実在する英雄として頭に浮かぶのは、普通の男性であり、女性であり、子どもたちであって、彼らは大胆な行動を起こし、並外れたことに全力を傾け、実行しようとする驚くべき意欲をもっている。

あなたの心を刺激するのは、マーベル作品やハリウッド映画や、テレビに出ている英雄たちではない。なぜなら、彼らはＣＧＩや特殊効果、映画撮影技術といった作り物の世界に存在するからだ。そういったものは想像や空想の世界に属しているのであって、あなたの感情を揺さぶるのは、他でもない人間の人柄なのだ。

現実の世界では、毎日、華やかさに欠けた英雄たちが、私たちのそばを歩いているのを見かける。溺れている犬を助けるために渦巻く川に飛び込む青年、わが子を救うために燃え上がる建物に駆け込む母親、自分より恵まれない人のためにおよそ一・六キロメートルを歩く脳性麻痺の若者。これらの物語には、人間なら誰もがもっている不屈の精神が描かれている。こういった刺激に満ちた行動は、日常的な行動と区別され、自分自身よりも大きなものに気持ちが傾いた時に、自分に何ができるかを教えてくれる。それが、命を救うことであれ、大義に加わることであれ、あるいは勝手に起きた争いに立ち向かう人々を支援するためにすべてを投げ出すことであれ、あなたは行動を起こす。そしてこれこそが、人生に変化をもたらしていく。

たいていの場合、無意識のうちに心を突き動かされるものだ。あなたの心と魂を揺さぶり、決断を迫られるものであって、その結果、惰性よりも行動することを選び、人生最大の、そして最もやりがいのある冒険に出ることになるのだ。

本書には、逆境を乗り越える過程が描かれている。同情を誘い、重要なことだと説明したいわけではなく、人間の精神の強さや、努力することや、平和を求める気持ちを綴ったものだ。ウクライナの勝利の機運を高めるためには、本書は必ず適切な時期に刊行されなければならない。自由のため、そしてウクライナ国民のために戦うことを、ここに誓おうと思う。

人間は、生まれながらにして自由だ。一人の利己的な人間のイデオロギーのために、政権によって特定の生き方を強制されたり、人生を引き裂かれたりするような考えは受け入れられない。殺害された文民や、抑圧された家族。このようなどうしようもない状況では、誰も日常生活を平穏に送ることはできない。

私は、主に兵役を通じて、計り知れないほどの苦しみを見てきた。自由で平和なイギリスに暮らす今日でさえ、人種差別や抑圧、偏見を目の当たりにすると、苛立ちを覚える。私たちはみな人間だ。だから、私は共感力の強い人間として、このような苛立ちをより強く感じとることができる。ウクライナで苦しむ人々を見て、私は行動を起こそうと思った。ウクライナの人々が希望もなく、平和を愛する欧州諸国や国連からの支援もなく、このまま放置されたらどうなるだろうと思ったからだ。戦争の犠牲者を守り抜くためには何が必要なのか、人生について学んだことをすべて活かす時だと思った。心を開けば、何とかしなくてはという強い気持ちがさらに深まることを学んできた。リスクを冒せと私を駆り立てるのは、心の奥底にある、「価値」と呼ばれる力であり、なかでも「自由」に対する価値によって行動を駆り立てられたのだ。

ロシアの脅威がウクライナはもとより、ポーランドにも及んだことを知り、第三次世界大戦が勃発する可能性が高まったことが、私の決意を固めた。できることならどんな手を使っても、ウクライナの人々を助けたい。それに、これはウクライナだけの戦争ではないと感じた。このようなプーチン政権に異を唱え、行動を起こすことはわれわれの責務だ。態度で示す者が一人もいなければ、無為無策に終わり、変化をもたらすことはできない。

やがて、個人的に、感情的に、道徳的に、私は何かをやるべきだという義務感を覚えた。なぜなら、私には貢献に値する的確なスキル、考え方、意欲があったからだ。一人の命を救うことができれば、それは価値のあることだ。

自由とは人間の価値であることを、私は身をもって尊重している。自由はすべての男性、女性、そして子どもたちがもつ権利だ。そして私は、この文明の柱を守るためにわが命を捧げることを誓おう。すべての人々がそうであるように、ウクライナ人にも主権を受け入れ、平和に暮らす権利がある。本書のページをめくっていけば、ゴリアテと戦うダビデ（旧約聖書「サムエル記」の逸話で、少年ダビデが、巨人戦士ゴリアテを倒すというエピソードから、小さな者が大きな者を倒すたとえとして用いられている）のように、絶対に諦めることなく栄光を手に入れる、不屈の精神を学べるだろう。

奮闘すること、戦うことは、私にとって他人事《ひとごと》ではない。本書をまとめている間にも、計り知れない困難を経験した。重傷を負い、耐えがたい痛みに襲われ、定期的に手術を受け、精神状態が弱まっているのは言うまでもなく、コミュニケーション上の問題や障害をいくつも抱えていた。一人の人間として、私は自分の物語を伝え、共有するための案を探る必要があった。結局、出版社の担当者と私は、ボイスメモに再度耳を傾け、発言を紙に書きとめ、ウクライナの人々の苦しみや勇敢な試み、回復力を認識し合ったのだ。

自分よりも大きな使命があれば、必ず道は開ける。

私の名前はシャリーフ・アミン。人道主義者であり、兵士であり、支援者であり、そしてあらゆる犠牲を払って自由のために戦ってきた。その過程で、一人の男として自由、大義、意味を見いだしてきた。そこにたどり着くまでの話をしようと思う。

自由

「自由であるというのは、単に己の鎖を脱ぎ捨てるだけではなく、他人の自由を尊重し、向上させるような生き方をすることである」
――ネルソン・マンデラ

自由とは何か

日本研究者のベス・ケンプトン氏が示唆するように、自由とは、嘘偽りのない自分として人生を歩むことである。だが、自由が生み出した理想は捉えにくいため、手の届かないものだと思っている人が多い。

多くの抽象的な言葉がそうであるように、各自の経験次第で考え方や価値観、状況の捉え方は変わってくる。

先進国で暮らしているわれわれにとって、自由は当然のものだと思われがちだ。戦争や地球規模の変化、飢餓にあえぐ人々は、自由のある生活を送ることの意味を知らない。メディアは、私たちの心と感覚に、彼らの苦しみをこれでもかといわんばかりに浴びせかける。シリア、ミャンマー、ソマリアなどの国民には、限られた自由しか与えられていない。

私たちの自由に影響を及ぼすのは、他者に限らず、むしろ自分自身であることが多い。頭の中で思い描く物語や映画について考えてみよう。自分がどう思うかに注目してほしい。というのも、自分へのつぶやき一つで、簡単に自分を殻に閉じ込めてしまえるからだ。「できないんだ」と言い聞かせたり、自分のことを、絶望的とか愚か者呼ばわりしたり、自分は、実は何者なのかと疑ってかかったりした時のことを考えてみてほしい。そんなふうに考えるのは、サルが雑談をしているようなものだし、毎日、あなたがもう一人の自分にどんなふうに語りかけているのかが、ちょっとだけわかる。ここからが恐ろしい。このおしゃべりに耳を貸してしまうと、選択がうまくいかず、やりたいことがままならなくなる。ありのままの自分でいられなくなることで、自由が奪われてしまうのだ。

さあ、そこで質問だ。あなたは自由に生きているだろうか?

プロローグ

「ふざけんなっ、今、何がどうなってんだよ？」

「ここはどこなんだ？」

「そこに、誰かいるのか？」

自分の心が、まだ自分のものなのかどうかわからなかった。半ば意識不明の私に、津波のように考えや疑問が押し寄せてきた。自分自身に意識が向かい、見慣れない環境だと認識できるようになると、混乱が血管を駆け巡る。私は深い眠りから覚めつつあるのか、それとも悪夢から覚めようとしているのか。

なぜ目が開かないんだ？

なぜ手の感覚がない？

何だよ、なぜ裸なんだよ？

たいていの人は、一晩、ぐっすり眠ってから気持ちよく目を覚ますが、私はつい今しがたの出来事を思い出し、記憶の断片をつなぎ合わせようとしている。断片をつなぎ合わせても、そこには何もないのだから無駄なことだ。

最初に見たのは天使の顔だった。優しい声で、大丈夫だからね、と言って安心させてくれる。その言葉そのものに、私は怖くなった。なぜそんなことを言う？　なぜ何も思い出せないのだろう？

視界の中で焦点が合い、自分が病院のベッドに横たわっていることに気づいた。どうやってここに来たんだ？　突然、自分の身に起こったことに対する驚きと現実とが、レンガの壁のように私を囲い込んだ。わが身の穴から出ているこの管や針金、これ、いったい何なんだ？　私は、何かの基盤の中にいるのか？　何もかもがひどすぎるぞ。身動きしようとしても、微塵も動かない。何が起こったのか、教えてくれる奴はいるのか？

痺れが収まると、焼けるような痛みに襲われた。でも、どこが一番痛いのか、自分でもわからなかった。頭のてっぺんからつま先まで、まるでバスと衝突したような感覚だ。そしてすぐに、それにほぼ近いことが現実に起こっていることを悟った。

どれくらいの間、意識を失ったり戻したりしていたのかわからない。目を開けるたびに悪夢が繰り返されたのは、痛みのせいだったのか、それとも体を動かさなかったせいだったのか。

もやもやとした気持ちが晴れないままだったのは、疑問が三つあったせいだ。

今、何がどうなってんだ？

どうやってここに来たんだ？

なぜ、私の体はボロボロなんだ？
楽しい話をする時のように、最初から話すことにしよう……。

第一部

少年時代、十代、一人前の男

すべての始まり

子どもたちは、広い場所を夢中になって走り回りたがるもので、かつては私もそうだった。みんなも、顔に当たる風の感触を覚えているんじゃないだろうか。生きている実感がわき、元気が出てくる。爽快感とアドレナリンが血管を駆け巡り、その瞬間、いい人生だな、と思える。他のことがどうであろうと関係ない。私の好奇心に火がつき、リスクを顧みることなく、大胆な行動をとりたくなった。こういった経験が、その後の人生に影響を及ぼすことを、あなたはご存じだろうと思う。私は、四人きょうだいの二番目で、活気に満ちた、にぎやかな少年時代を送っていた。父は家族思いだったが、母との関係はかなり険悪だった。兄はいつも母や二人の妹たちと一緒にいたが、私は父のそばにいるのが好きだった。当時は、自分と両親との関係が、未来にどのような影響を及ぼし、将来の人間関係をどう左右するのかなんて考えもしなかった。

母は愛情深い反面、過干渉なところがあった。父とべったりになるようにけしかけ、ことあるごとに見せる異様な干渉ぶりは、私の心にくっきりと爪痕を残し、自分の行動を変える原因にもなった。母親というものは特別な存在であって、誰もが、母親との特別な時間やエピソードを思い出せるんじゃないかなと思う。よくも悪くも、今のあなたの姿は、あなたのお母さんの作品だ。母は信仰心が深く、宗教教育を通して私に道徳を教えてくれた。人にどのように接するのがよくて、どのように接するのがダメなのかという教えが何よりも心に残った。そういう、人としての土台を築いてくれたのが母親だ。とはいえ、母からの影響について繰り返し考えるようになるのは、年を取ってからの話だ。

手間を惜しまず、本気で取り組むということに関して、父ほど優れた模範はいないと思う。私は、父と暗黙の絆で結ばれていた。家族で揉めごとが起こると、私は父の味方についたし、父がパブに行こうとすると、私もついていった。父と過ごす時間が大好きだった。

父は元軍人で、航空機エンジンのエンジニアだったが、不況のあおりを受けて職を失った。その後、父は職を転々としながら、決して諦めない男の姿を私に見せてくれた。家族を養うことが、父にとっての究極の目標だった。収入がなければ、キッチンの設計をする。たとえ、専門的に教わったことがないにしても、やる。持ち前の工学スキルを駆使したのだ。そういう機転の利く人間だった。特に忘れられないのは、車の買い取りと販売、修理を手がけ、稼いだお金で私たち家族に十分な食べ物を買い与えてくれたことだ。父は、一家の大黒柱としての責任をまじめに引き受けていた。前進し続けること、決して諦めないこと、そして自分の行動に責任をもつことを教えてくれたのだ。

両親が不仲で、二人の意見がすれ違っていることは一目瞭然で、結果として、うちの家庭は崩壊寸前だった。私からすると、両親の結婚生活は「ちょっと信じらんない」という感じだろうか。ただ、二人とも、私たちきょうだいを大切にしてくれたし、ごたごたしている中で受け取った愛情と安心感は、自分の人生を築く良質な土台となった。

私は、家族の強い絆と価値観を大切に思っていることに気づいた。それらは、リスクをとる自信を与えてくれる。家族間の力関係や絆は、大人になるにつれて、間違いなく、さまざまな物語を生み出していく。

私は、大家族の一員だったので、暇を感じる瞬間などなく、自分だけの時間と空間を見つけるのは至難の業だった。ただ、自分の時間がもてない分、人助けを通じて相手としっかり向き合いたいという私の願望を奮い立たせた。

ペットの力

子どもの頃、犬を飼っていたことをよく覚えている。ペットがいると、自分自身のことや他人への接し方についてなどさまざまなことが学べるものだ。

私は室内犬を飼うのが大好きだった。もともとは猫を飼っていたけれど、父と兄に喘息の持病があり、猫アレルギーによるものと判明したため、猫とはお別れをしなくてはならなかった。猫好きな母は残念がったが、この経験から、自分に悪影響があるものを好きになった場合には、それを手放さなければならないこともあると学んだ。

最初に飼った犬は、ジャックラッセルとダックスフントの交配種だった。昔、人気だったシンガーソングライターのカイリー・ミノーグにちなんで、名前はカイリーだ！　休暇中は、私たちと一緒にキャラバンでよく過ごしたものだ。めちゃくちゃかわいかったな。犬を飼ったことがある人なら、カイリーは家族の一員だった、って言えばわかってもらえると思う。ブリストルに住んでいた頃、兄や妹たちがカイリーにベビー服を着せ、ベビーカーで散歩に連れて行っていたのは本当にほほえましい光景だった。カイリーを飼ったことは、実際に、家族の絆を深める経験となった。ただ、カイリーを巡って何度か言い争いになったことも覚えている。きょうだいであれこれ体験する時には、必ずしも意見が一致するわけではないけれど、それらをひっくるめて間違いなくすばらしい思い出になる。家族の暮らしの一コマとなるし、自分の望みを叶えるために、交渉することをも学べるのだ。

カイリーは、朝が来ると猫みたいに外へ出て行きたがるから、また猫を飼っているような感覚を味わえたよ！　私たちは、早朝に近所をあちこち散歩するのが大好きだった。地元で新たな発見をしたり、近所の道を覚えたりするのに、犬の散歩はめちゃくちゃ役に立つ。でも、リードにつながれていると、自由に動き回れない。犬も、子どもみたいに自由に走り回らなきゃな。だから、時々、リードを外して散歩すると、鳥のように自由に走り回る。笑ってるような表情をしている時もあったな。愉快な、愛嬌のあるわんこだった。私たちはみんな、カイリーを心から愛していた。カイリーを見ていると、自由であることがどれほど大切なのかを思い出す。それは、私の心の奥底にある、大切な価値観だったと思う。もしかしたら、自由とは、人にとっての原動力かもしれない。

後に、ジャーマン・シェパードを飼った。長毛種の大型犬で、名前はベン。何だか笑っちゃうよ。大型犬の名前にしては、めちゃくちゃ優しい響きだからな！　とても柔らかくって、ふわふわした、クマみたいな犬だった。ベンは、カイリーと仲良くなった。まるで、新しい家族を迎えるような感じだったな。どういうわけか、ベンはすぐにうちの家族になじんだ。でっかい体をした犬だったけど、みんな、すぐにベンが大好きになったんだ！

人間と動物は、お互いにいろんなことを教え合っている。お互いを尊重し合っていると、自分たちがどんなふうに仲良くなりたいのかがわかることが多い。これまでに、ペットを飼ったことはあるだろうか。ペットは家族の絆を深めただろうか、あるいは、逆に溝を作っただろうか。どんな経験でも、ペットは、あなた自身のことを、そして人との関わりについて教えてくれる。

もう一つ、犬を飼ってよかったのは、父との絆を深めるのに役立ったことだ。いつも、二人でベンを散歩に連れて行っていた。特に忘れられないのは、二匹の犬を連れて出かけた雪の日のことだ。とても楽しかったな。ゴミ箱のふたをソリの代わりにして私と父が乗り、ボールを投げる。すると、私たちはハスキーと化した二匹の犬に引っ張られて行くんだ。ベンは夢中になって、興奮しまくった猟犬よろしく雪の中を駆け抜けていったんだ！　この、がっしりとした迫力のある犬が、子どもたちをソリに乗せて引っ張っていく姿を想像してみてほしい！　公園に行った時には、ベンがいきなり猛ダッシュしたものだから、私は命がけでリードにしがみついた。雪の上を引きずられながら、もう少しで腕を引き抜かれるところだったよ！　幸せな思い出を振り返ると、帰属意識や家族愛で胸がいっぱいになる。子どもの視点から物事を見ると、人生は楽しいことが多い。すばらしい人生を送るための手段だから、ぜひ、試してみてほしい。

人は、幼少期からの経験を土台にして大人になっていく。私は、非常に活発でよく体を動かす子で、頻繁に外出したり、父とともに過ごしたりした。そんな無邪気な子ども時代を、じっくりと思い出したことがあるだろうか。時には、子どものような想像力に頼らなければならないことだってある。私のように、今、あるいは明日何をするかではなく、もっと先の未来に目を向けなさいと言ってくれる人がいなかった場合は、なおさら幼き日の記憶を振り返るべきだ。大人はとても忙しい時もある。だから、誰一人、味方についてくれそうにないと思うこともあるだろう。子どもの頃に不安を募らせ、そのせいで当時の事実を歪めてしまうかもしれない。子どもの頃には気づかないかもしれないが、歪んだ記憶があなたの土台になっているのだ。

子ども時代は、宗教にどっぷりと浸かって過ごした。母の信仰する宗教の教えを実践するため、うちの家庭生活にははっきりとした境界線が引かれていた。母はエホバの証人の信者だったので、当時は誕生日やクリスマスを祝うことも許されず、きつかった。学校に通う子どもにとって、それがどれほどのものだったのか、想像できるだろうか。ひょっとしたら、あなたは自分の経験を思い出すかもしれない。それは、当時の悩み事というだけではおさまらず、将来何を選択するかに影響を及ぼすこともある。ただ、しつけの中心にあったものをしっかり認識すれば、何らかの答えを導けるはずだ。

新しい場所に落ち着くこと

わが家は、制限ある暮らしを営んでいただけではなく、航空機エンジニアだった父の仕事の都合で頻繁に引っ越しをした。

現代のブリストルは、人種差別的な歴史が続いてきた一方で、多文化が共存する都市の一つである。一九八〇年代にここで幼少期を過ごした私は、あらゆる人種間に緊張が漂っていることに気づかなかった。私の父はイラクからの移民、母は白人のイギリス人だが、自分はイギリス人以外の何者でもないと思っていた。いじめられることもなかったし、学校で人種差別の痕跡や噂を見たり聞いたりすることもなかった。だが、この「自由」な生活は、北部へ引っ越すと一変した。

私が八歳の頃、ブリストルからミッドランド地方のレスターシャー近郊にあるケグワースに引っ越した。家族みんなが、落ち着いた気分でいられることはほとんどなかった。いったい、どうやって新しい場所に定着し、好奇心を貫き、自分の考えや感情を掘り下げればよかったというのか？　私が幼い頃に学んだのは、そういったものにふたをする方法だった。大家族がたびたび引っ越しをするということは、すなわち家族の問題がひっきりなしに持ち上がるということだ。

父がケグワースで仕事をしていたおかげで、運よく、暖炉のある大きくて美しいビクトリア様式の家に住むことができた。家の裏には広い野原があり、そこで、うちの犬たちとたくさんの時間を過ごした。私たちの家は、美しくて小さな村にあった。そばにはロビン＝フッドの伝説の舞台として知られるシャーウッドの森があるとわかり、大人になるまでずっとこの地域がお気に入りだった。

学校は、地元の学校に通った。校区外に住む新入生を、学校側が「拒否」していると知らなかったため、びっくりした。その頃、父は商売を繁盛させて街に出て仕事をしていた。父は、アラブ人であることを理由に、たびたび人種差別を受けた。それが、私の学校生活に飛び火するのにそれほど時間はかからなかった。

ケグワースで脳裏に刻み込まれたことといえば、人生で初めて人種差別を経験したことだ。文化、人種、生い立ちという観点から自分が何者なのかを考えたことは一度もなかったが、すぐに自分が「混血児」だと悟った。学校に行って、サッカーをしようとした時のことをはっきりと覚えている。子どもたちはずいぶん卑劣で、平気で人を傷つけるので、不愉快きわまりなかった。ある時、私はサッカーでゴールを狙ったけれど、外してしまった。すると、教師が笑い、他の子どもたちも全員、笑ったのだ。その経験が、ずいぶん長い間、私をサッカーから遠ざけた。

またある時、私は、先生に「ダップス」のひもを結んでほしいとお願いした。ダップスとはスニーカーのことで、ほとんどの子は「トレーナー」と呼んでいた。私が「ダップス」と言うと、みんなは大笑いする。しかも、先生が私のダップスのひもを緩く結んだせいで、その後、私は転んで芝生に頭をぶつけた。またもやみんなは爆笑する。学校で、誰もが私とは交流しようとせず、仲良くしたがらなかったから、私は一人ぼっちだった。二人の妹は下級生のクラスだから、私のような不当な経験はしなかったと思う。

子どもの頃の遊びは、意図はなくとも陰湿な意味をもつことがある。同じクラスの子が卑劣なゲームの対象にされたことがある。「鬼ごっこ」みたいなものだ。クラスの子たちがヴァーノンという名の男の子に触れて「ヴァーノンの病気だ！」と叫ぶ。叫んだ子たちは、別の子たちとつるみながら「ヴァーノンの病気」と叫び続ける。まるで、奴らが触った子たち全員が「ヴァーノンの病気」にかかるかのように。私も同じことをされ、嫌な雰囲気になっていった。その時点で私も「ヴァーノンの病気」の一員になったのだから。子どもの遊びがこれほど卑劣だなんて、思いもしなかった。

家庭内は相変わらず不安定なままだった。父は、職場で人種差別を受け、苦労していた。わが家の電気系統が故障した時が最後のとどめとなった。一家で数ヵ月間、薪を燃やして暖を取ったのだ。意外にも、このことでさほど心はかき乱されなかった。それよりも、学校で私の肌の色について、他の子たちにとやかく言われることの方がずっと胸にこたえた。その時、初めて自分が他の人たちとは違うと気づいたのだから。

十歳の少年にとって、こうしたごたごたに対処することは日常生活の一部であって、何の違和感も覚えなかった。他の子たちと同じように、私はこの生き方を受け入れていた。それは、子どもとして、両親の息子として低い期待に応えつつ、自分が何者であり、どこに属しているのかをじっくりと考えていたからだ。危険や困難に直面した時の闘争・逃走反応についてはご存じだと思う。まあ、私は闘うか逃げるかの準備をしていた、ってわけだ。家族として、いくつもの嫌なことに対処していたし、もう、いっぱいいっぱいだった。時には見切りをつけ、新しいことに挑戦し、やめ時を知って前に進まなければならないのだ。

私は、ケグワースに定着しようとしつつ、人種差別がどういうものかを学んだ。それと同様に、先にも述べたが父は職場で何度も嫌な経験をした。最初のうちは、私も人種差別を理解していなかったので気にならなかった。それよりも、大人に小馬鹿にされ、他の子たちに笑われても何ともない顔をしている時の気持ちの方が重かった。一人ぼっちにさせられるような、とても孤独な気分だ。その理由を理解できないまま、自分には居場所もなく、価値もない、という気持ちが膨らんでいく。それはアイデンティティの問題に火をつける。挑発されるまでは、当然のこととしてアイデンティティを受け入れてきた。なぜこのような感情を経験するのかを問うべきかどうか迷い、たびたび、もやもやした気持ちになる。物の見方、考え方によって、人生が早送りされるように思える。ただ、そうすると、あっという間に答えよりも疑問が増えていく。

体育の先生に笑われたことが原因で、もうサッカーをやりたくなくなった。なぜサッカーがあんなに嫌いになったのか、その理由を考え始めるまで気づかなかった。このような、人を傷つける言葉が放たれた結果、私は当事者から外れた。もう二度とサッカーをしないと心に決めたのだ。その後、陸軍に入隊してサッカーを再開したが、もうゴールを外すことはなかった！　他人の破壊的な行動によって、なぜあんなにも大きく揺さぶられるのだろうか。なぜ、受け流せる人がいる一方で、真に受けてしまい、自尊心を傷つける、メンタルヘルスの問題をいくつも引き起こしてしまう人がいるのだろうか。物事を疑ってかかり、その答えを探すことは極めて重要なことだ。答えは、あなたが予想した場所にあるとは限らない。

イギリス国内で、これまでとは違う地域で暮らすのは、簡単なことではなかった。南北分断（イギリスでは、生産性や経済面において、ロンドンより北部は貧しく、南部は豊かだという格差が生じている）という考え方があるが、それを、身をもって体験した。他にも、「君たちのような人種」はここにはいらない、と言われることもあった。父は怒り、母は思い悩んだ。悪化していた状況はさらにひどくなり、母からは、学校へ行くなと言われた。家庭内のぴりぴりとした空気は耐えがたく、母は家を出てブリストルへ戻り、残された私と兄は、北部にいる父と暮らすことになった。だが、母が家を出て間もなくすると、父や兄とともにブリストルに戻った。兄は母に会いたがり、父は、職場でもはやどうにもならない問題に苦悩していた。

ブリストルに戻ると、再び、何もかもが落ち着いたように思えた。故郷と呼べる、慣れ親しんだ土地に戻ってきたからだ。しばらくして、父は別の仕事を見つけなければならなくなったが、航空機エンジニアとしての仕事は以前と同じようにあるわけではないようだった。また一からやり直さなければならないような気がして、がっかりした。

子ども時代に、父と戦いごっこをした記憶をはっきりと思い出せる。父と息子が、かけがえのないひとときを過ごしている、ただそれだけのことだった。それなのに、父と楽しく遊んでいると、母はいつも飛んできてやめさせた。父との戦いごっこは通過儀礼であり、暴力的な性質を育むものではないはずなのに。

先にも述べたが、うちの両親は、時々意見を衝突させては、家庭崩壊寸前になることがあった。だが、思えば母はいつも私たちのそばにいてくれた。とはいえ、私の考えはぐちゃぐちゃだ。母は、支配的だったのか。あるいは世話焼きだったのか。疑り深い女性で、父がパブにいるに違いないとたびたび決めつけた。実際にパブにいる時もあったが、私たちの快適な暮らしのためにお金を稼いでいることもあった。なぜ父を極悪者にするのだろうと、不思議でならなかった。

私が子どもの頃、父はとても働き者で、家族のためにお金を稼いできた。きょうだい揃ってブロックバスターというレンタルビデオ店によく出かけたものだ。一番よく借りていたのはディズニーのアニメ映画『王様の剣』だった。作品中に出てくる、博物館のような古い建物が今でも目に浮かぶ。兄や妹たちは、映画の中のエピソードや魔法のとりこになっていた。

父は、時々、白いリネンに金糸を織り込んだアラビアン・ローブ（サウブ）を着ることがあった。頭には、白い布を黒いロープで固定した頭巾（カフィエ）をかぶっている。サウブの片袖の下に私を、もう片袖の下に妹を入れて、大きなテントで包み込まれるようにして親子で一緒に映画を観るのはとても幸せな気分だった。心地よさと安心感で満たされる。父のアフターシェーブのにおいがとても記憶に残っている。今でも、そのことを思い出すと、戸惑うほどに悲しみと喜びがあふれ出す。昔のVHSテープの鑑賞会は、楽しいひとときだった。たいてい、父がクランチにかじりつくのを見ながら、私たちはチューイッツやフルーツ・パスティーユなどのフルーツ味のお菓子を噛む。幸せな時間だったな！

一九九〇年代は、バイクに乗ったり、人の家のドアをノックしては逃げたり、サッカーやゲーム機で遊んだりといった、当時の十代にありがちな少年時代を過ごした。古びた採石場に行ったり、夏の暑い日に涼しさを求め泳いだり、ただただ仲間内で大胆なことをしていた記憶がある。若い頃には、大人になってからの自分を支えたり、あるいは邪魔したりするような特徴が、無意識のうちに出てくるものだ。リスクを冒すことは、起業家精神、軍人になること、そして科学に通じるものがある。計算づくであっても、思いつきであっても、ここでいうリスクとは、常に自分の信念から生み出されたものだ。

当時はゲーム機が登場したばかりだったが、私は外で遊ぶのが好きで、木に登ったり、ちょっとボールを蹴ったり、いたずらをしたりするのが楽しかった。他の子たちは、カウボーイとアメリカの西部劇ごっこをしていたな。私はといえば、戦争中の兵士になったつもりで、棒を持って走り回っていた。子どもの頃にしたこと、歯止めになるものが何もなかった頃の自分を振り返ってみると、それが、大人になった今の自分との共通点が多いことに気づくかもしれない。当時と今の行動について、じっくり考えるのはわくわくする。あなたは今、自分の人生でやりたいことをできていないのかもしれないし、まだ自分の目標を見つけようとしているところかもしれない。振り返れば、答えは子ども時代にあるかもしれない。

父は、人種差別の他にもいろんな問題を抱えていたけれど、いつも私のそばにいてくれた。私は、何があっても父の味方だった。子どもの頃は、周りの大人の事情をすべて理解できるわけではなかったが、父は、特に八〇年代後半から九〇年代前半にかけて、私たち子どものためにできるだけ「普通」の生活を送ろうと頑張って努力してくれた。

父と母、両方のことを大切に思いながらも父だけ贔屓できるのは、我ながらとても興味深いことだ。

先にも述べたが、子ども時代が人生の土台になるわけで、おそらく私が幼少期の話をすれば、私の魂の奥深いところまでもが明らかになる。当時、いろんな人やさまざまな出来事に対して、自分がどう反応したかを振り返ってみるといい。自分の経験に注意を向け、埋もれさせないようにすることは、あなたのメンタルヘルスのためにも極めて重要なことだ。なぜなら、それは後から自分に跳ね返ってくるからだ。

人生のある時期には誰もが偏見を味わう、ということを軽く見ないでほしい。私は、誰もが平等だと考えているので、もし、何らかの人種差別に遭遇したら、それに対処する必要がある。そうしないと、あたかも人種差別を容認しているととられかねないからだ。私は、ケグワースの学校で人種差別を受けたが、最悪の事態は避けられた。それは、常に自分を褐色の肌をもつイギリス人男性だと自覚していたから、他で、同じように差別を受けている人ほど影響を受けなかったのだ。ただ、ちょっとはみ出し者みたいだなと思っただけだ。

新たな十代

引っ越し、人種差別、そして、自分は他人とは違うという悩みのせいで、周りに溶け込めていないと感じていた。常に前髪以外の髪を剃り、ズボンの裾をブーツの中に押し込んで、漫画『タンタンの冒険』に出てくるキャラクターのような格好をしていた。パンク・スタイルのファッションに身を包み、激しいロックに夢中になった。漂流している気分だ。人気者でもなく、かっこよくもない。自分のアイデンティティを見つけなくてはならなかったのだ。

若者にとって、受け入れられることがすべてだ。見ていると、目立つ人にはカリスマ性があり、謎めいている。若者として感じたことを行動に移そうと思えば、勇気と信念をもち、ひたむきな姿勢でなければならない。私は、自分の経験を踏まえ、地域や社会の流れに逆らうことになっても、他人が注目を浴びるように仕向けてきた。リーダーは、周りにうまく合わせたりしない。自分自身を信じているし、目立っている。だからもし、自分や他人、ひいては世の中をよくしようと真剣に考えるなら、あなたもリーダーのようにあるべきだ。若者は、経験や知識が不足しているせいで挫折し、失敗も多い。ただ、失敗はどのように解釈されているか、知っているだろうか。学びの種だと見なされているのだ！

私が日々、考えていることは、必ず父からの影響を受けており、私の目指す人間像を左右するようになった。将来や目的について、父と二人で話したことはない。父というより、むしろ友人のような存在だったので、一緒に過ごした時間は長かったが、自分の人生をどうするかについて深く話したことは、一度もなかった。父は不況のあおりを受け、航空機エンジニアの仕事に就くことはかなり厳しかったが、仕事を獲得するのをやめることはなかった。そして、家族間で何が起ころうとも、決して諦めなかった。私が学校をやめるまで、いつもそばにいて、すぐに私たちを支えてくれた。

テレビのドキュメンタリー番組や、『ロッキー』や『トータル・リコール』などのアクション映画を見始めたのは何歳の頃だったか、ちょっとうろ覚えだ。妙な話だが、私は戦争ドキュメンタリーに夢中になり、引き込まれていった。異様だと思うが、心をぐっとつかまれたのは、戦闘でも血でも血糊でもなく、人々の苦境、争い、闘争だった。逆境や、悪との戦いは、不公平に対する私の強烈な感情をかき立てるように思えた。

大人になるまでに、どんな本や音楽、テレビや映画にはまっていたかを思い出すことは、自分にとって何が大切かを考えるのに役立つ。振り返ってみると、自分の選択と経験が、自分が何者として生まれてきたかをはっきりと示しているのだ。たとえば、私は、他人を助け、状況をよくしたいと願う、思いやりを大切にする人道主義者である。正しいことのために戦うことを恐れず、次に下す決断と一連の出来事が、新たな道を切り開いた。私はいつも、自分の目標を見つけるにはどうしたらいいか、と質問してくる人たちに、このように伝えている。過去の自分、特に子ども時代と若い頃の自分を、点で結んでみてごらん、と。そうすると、見えていなかった真実を発見して驚くはずだ。

第二次世界大戦は、自分の心で捉え、考えてみても、謎だらけだった。戦禍の光景が何度も脳裏に刻み込まれ、まるで自分が現地で戦争の恐怖を追体験しているかのようだった。世界中で自分の道を見つけようとしていた人たちには、ほとんど、あるいはまったく選択肢がなかったとしか考えられない。目の前には、想像を絶するようなナチ党の力があった。ナチ党が、ヨーロッパを、そして世界を支配するさまを信じられない思いで見ていた。ただ、普通の生活を送る普通の人々が、異常な時代に異常なことをしたのだ。なぜなら、一般大衆である彼らには大義があり、価値があり、人類の大いなる利益のために最終的に達成しなければならない目標があったと盲信していたからだ。

十代の私は、戦争という、心を揺さぶられるような世界に引き込まれただけでなく、戦時中の政治にも興味をそそられた。一人の独裁者が、どのようにして一連の出来事を引き起こし、自分に従わせることができるのか。そして、大規模な世界的大惨事でもってすべての望みを叶えられるのか、と。なぜそれが許されるのか。このような、プロパガンダと教義の波が人々を飲み込み、まるで蛾が炎に吸い寄せられるように、カリスマ性のあるリーダーの美辞麗句と価値体系に誤って引き込まれていったわけだ。普通の文明が、どうして一人の男の過激主義に耳を傾け、外の世界に広がる現実を遮断できたのか、理解不能だった。

普通の生活を送ってきたこの人たちが、正しいことのために立ち上がり、闘い、苦難を乗り越えなければならないのはわかっていたし、そのことは、私の心と体に突き刺さった。私がこうした戦争のドキュメンタリーを見続けたのは、その筋書きの中に、私たちが立ち上がって気づくべき教訓があったからだ。十代の頃、これらのドキュメンタリーを見ていて、自分が間違った時代に生まれてしまったという感覚に襲われた。その段階では、自分に大義があるとは感じていなかった。ただ、公正さも利益もない戦争の中に、私にとって、道しるべとなる北極星のような希望があった。

学生時代が終わろうとしていた十五歳の頃、私は悪い仲間とつるむようになった。マリファナを吸い、自分の予定の中から学校が消えた。出席日数よりも不登校の日が増えたのだ……。

登校しても、たいていは遅刻したし、他の遅刻者や規則を守れない者と一緒にたびたび壁際に並ばされた。もちろん、体育教師にはいつも怒られた。ある日、体育教師が生徒をほったらかしにして何かを取りに行った時、この場から脱走しようと決めた。学校には、敷地の境目から先に運動場が二つあった。できるだけ速く走っていたら、追いかけていた教師に「止まれ！」と怒鳴られた。若かった私たちは、すぐに教師を振り切った。いったん敷地から外へ出たら、学校側は何もできない。これで、自由は私たちのものだ。

「ツレ」とつるむことが、学校へ行くよりもずっと魅力的だったのは、ありのままの自分を受け入れてもらえたからだ。私は、どこへ行っても居場所がないと感じていたし、若い頃は自分のアイデンティティにまつわる問題が自尊心に揺さぶりをかけるのが、つらかった。

苦しみに苛まれながら、心の奥底をかき乱されることがあった。たとえ、たまらなく嫌いな奴とケンカをしても、殴った直後は強烈な罪悪感に襲われた。自己防衛であろうがそんなことは関係なく、罪の意識に苦しんだ。強く殴りすぎた時には、相手の痛みを感じることもあった。何とも言えないジレンマだった。自分の人生に、決定的な欠陥があるのを自覚した。十代とはそういうものだ。大人になりたいのに、人生の困難に立ち向かうすべをもっていないのだ。

誰かが、何らかの痛みに苦しみ、うろたえていると、私はその人に引き寄せられ、治してあげたいという思いに駆られた。相手の感情を敏感に受け止めるので、すぐさま自分がエンパス（並外れて共感力の高い人）であることを自覚した。境遇や性格には、常に二つの側面がある。私はすぐに、自分が自分であることによってちょっとした標的になること、そして、共感しやすい性格ゆえに、お人好しなところを他人に利用されていることに気づいた。他人からこんなふうにあしらわれることを、思い悩んでばかりのティーンエイジャーの心で理解するには難しすぎたわけだ。

振り返ってみると、方向性を示してくれたり、向上できるように応援してくれたり、大きくなったら何になりたいかと尋ねてくれたりした「誰か」がいた記憶はない。記憶に残っているのは、宗教、宗教、宗教である。私は、母の思い通りには育たず、大きな憤りを抱え、宗教から脱出する道を選んだ。十五歳で家出し、そのまま父が営んでいたパソコンショップで働き、経営を手伝った。その五年間の大半は、自分で工夫して生きることが当たり前のことになった。

一人前の男になる

学校を離れ、中学生という立場ではなくなった私は、自分を、一人の男として意識し始めるようになった。ほんの十五歳の頃のことだ。

当時、私の英雄であり、親友でもある父と過ごす時間が増えるのだから、それほど悪いことではないと思っていた。父とともに、昔、はやったスーパーファミコンの売買を始めた。このスーパーファミコンは、フリーマーケットで手に入れた、任天堂の初期のゲーム機だ。経営は順調で、一年ほど経つとお金が十分に貯まったので、父は、ゲームソフトやスーパースコープ、その他エアガンなどを売買する小さな店を開いた。ここでもまた、店は繁盛し、十分な資金を蓄えて、もう一店舗、構えることができた。店を二つ、もてるなんて、誰も信じていなかったはずだ。私は、父をとても誇りに思っていたし、父の決意、労働倫理、諦めない姿勢を目の当たりにしたことで、自分にもそれらが受け継がれているのがわかった。すばらしいロールモデルとして、私に多くの重要な人生訓を示してくれたことを、感謝している。

父は、思った以上に優秀だったのだ。自分が大人になったからかもしれないが、父は、頭脳明晰な、才能の持ち主だと悟った。無職の状態から、CDやテレビゲーム、エアガンの売買だけで、一つといわず、二つの店を構えるまでになったのだ。自尊心が、私の血管を巡りながらざわついていた。

不安や苛立ちが芽生えたのは、父の功績に応えられないという思いがあったからだ。ただ、いつも、父の意欲を反映させようと頑張ってきたし、それを実際に見ることができてすばらしいと思った。二人で懸命に働くその一方で、いつも冗談を言い合い、笑い合い、いまだに戦いごっこをすることもあり、父はそれを「痛みの領域」と呼んだ。母がそばにいると、かつてと同じようにいつもすっ飛んできて、過干渉ゆえに、ちょうど、子どもの頃のように厳しく叱られた。だが、もう自分は青年だ。だから、私をかばってくれる母をたしなめ、父と戦いごっこを続けた。

こういったことは、一人前の男としての通過儀礼の中で、注目すべき部分だった。父と同じように、正しかろうが間違っていようが、たいていは、外の世界が想定するような選択をし、人生を追求する決意と強さを私に授けてくれた。

しかし、一つ気になったのは、私には方向性がなかったということだ。人生の目標を知らなかったと言ってもいい。常に、欠けているピースを探していた。胸の中に穴が開いているような、空洞になっている感じだった。何をやっても塞がらないくぼみがあって、そこは何をやっても埋められない。その空洞を埋められる何かを常に探し求め、人を助けることで、自分の価値と目的が満たされることに気づいた。何をするにしても、やりがいのあることでなければならなかった。

少年時代、そして十代の頃は、人生の「目的」や「理由」がよくわかっていない。

頭の中は、自分の周りや家族、地域、社会で起きていることでいっぱいになることがほとんどだ。恋をし、仕事を見つけ、両親のようにならなければならない。私個人に光をあてたものは何もないようだし、私が自分の人生に何を望んでいるのか、誰も聞いてくれない。大きな期待をかけられているような気がしたが、同時に、誰も気にかけていないように思えた。

価値観に突き動かされるのであれば、直感に耳を傾け、本能のままに行動すればいい。単なるお人好しだからという理由で頼みごとをされ、たやすいカモとみなされてはダメだ。私は、見返りをあまり求めないが、感謝されると気分がよい。他人が親切にしてくれた時には、感謝やねぎらいの気持ちを示すのが正しいと思っている。そのような「お人好しの気質」をもつ人に出くわすと、人間関係を含め、人生のさまざまな側面でいろいろと考えさせられる。時には、自問しなければならない。なぜ自分はそのような「お人好し」なのか、と。人に好かれたいからなのか、それとも「いい人」になって他人に親切にしたり共感したりすることで、自分が満たされていると感じているのか。これらの問いに対する答え次第で、精神面をより健やかにすることもできる。

十代の頃、父と一緒に働いていた時、一人の貧しい男がいつも店にやってきて金を貸してくれと頼んできたのを覚えている。情け深かった父は、毎回、彼に食費として現金をいくらか渡していた。人の裏事情を知っていて、お金をあげることもあった。だが中には自尊心からお金を受け取るのに躊躇する人もいた。父はそれを無視して、手にお金を握らせた。父の意欲は強烈で、残高が足りなくても、常に誰かを経済的に助ける必要性を感じていたのだ。それは、家族に対しても同じだった。私たちきょうだいがお金を必要とすれば、父は、お金を置いて、再び手ぶらで出かけるのだろう。父の人柄と優しさが、他のみんなが問題なく過ごせるようにしたいという決意を浮き彫りにしていた。絶対に自分の欲求を優先しなかったのだ。

教育を受け、就職し、結婚することに魅力を感じなかったが、私の心に刻まれた戦争ドキュメンタリーの記憶は種となって、手をかけて育てれば、自分の人生に意味をもたらす場所へと導いてくれるはずだ。自分が何者なのかを認識することは、心穏やかに過ごすために不可欠だ。それは、私が他とは違う存在だから。他人と同じ方法で物事を理解できないのだ。私は、難読症と発達性協調運動障害だが、いずれも、子どもの頃に診断されたわけではない。私が学びを得たのは行動と実践からであって、普通学級から学んだわけではないのだ。

退学し、父のパソコンショップを手伝ったことで、自分から進んで学び、コンピューターの知識を身につけられたと実感できた。だが、父との仕事は、その場しのぎだ。それに、教育制度にがっかりさせられたのは、私だけが必要とする学びにきちんと応えてくれなかったからだ。ここでうまく学べていれば、学習意欲がわいて、もっと小さな頃から成長できていたかもしれない。学校に関心がなく、教育を積んでこなかったことが、残念ながら今、私のやりたいことを阻んでいる。目的ある人生を送りたい、という私の意欲の邪魔をしているのだ。

ある文化圏が、他と比べて教育を重視するのはなぜなのか、よく自分に問いかけてきた。イギリスでは、すべての子どもが無料で教育を受けられる。教育とは一生続くものだ、という見方だ。ほとんどの人は、子どもの頃に学びを積み重ねて資格を取得するが、今では、人生のさまざまな時期、段階、年齢で資格をとることができる。

二十代の頃、宝くじでわずかな金額が当たったことがある。一九九〇年代後半のことで、およそ二十万円だ。父はこの当選を機に、もっとお金を稼ぎたがった。そこで、私たちは数日、いや、おそらく一週間ほどかけて、なけなしの予算でトレーラーハウスを用意し、物品を買えるだけ買った。一緒に来てもいいよ、と父に言われ、めちゃくちゃ興奮したな。およそ一週間かけてトレーラーハウスに階段をつけ、ペンキを塗った。父と二人きりで笑ったり冗談を言い合ったりしながら作業した時間は、人生で最高のひとときだったな。

長い一日を終えると、パブの外に座って日差しを浴びた。店内は、ビールとタバコの煙が混じった、古びた臭いがしたからだ。父は、ビールを飲みながら、古いコカ・コーラのガラス瓶を割っていたなあ。グラスを見つめながら、次は何をどうしようか、と考えている姿を私はぼんやりと見つめていたものだ。私がクランチを食べている隣で、父はタバコを吸っていて、当時のパブのにおいは今も忘れられない。おしゃべりをしたり、笑ったり、車でドライブしたりした記憶は鮮明に残っていて、今でも私を温かく愛おしい気持ちにさせてくれる。何の縛りもなく、ただおしゃべりして笑う、というすばらしい絆で結ばれた親子の時間だった。父が軍隊の話を持ち出したのはこの時で、私が軍隊生活を考えるきっかけの種を蒔いたのだ。

トレーラーハウスであちこち巡っていたある日、ある店に立ち寄って、なぜかわからないけれどただ興味をそそられて、自分へのプレゼントとしてマリオネットのピエロを買った。まったく行き当たりばったりのことだったけれど、嬉しくて、心が満たされた。父と座って夕日を眺めながら、ただただ、他愛のない父と息子の会話を楽しんだ。笑いが絶えなかった。父と初めて夕日を見た。私の心に永遠に刻み込まれた光景だ。

人生に満足している時、あるいは自分に劇的な影響を与える特別な人と一緒にいる時、勢いに任せて、気づけば、妙な行動をとっていることがある。それでも、一つ確かなのは、その人は生涯にわたってあなたの心から消えることはなく、重要な存在になるということだ。

私が自分の人生に意味を見いだし、魂を満たすものを見つけたのは、大人になってからだった。

自分は何者なのか

自分は何者なのか、と自らに問いかける人は多い。これまでに、そういう疑問をもったことはないだろうか。人は、うわべを見ながら生きることが多いため、疑問にすら思わない人もいる。この質問への返答はこんな感じだ。「俺は父親だ」「……お母さんよ」「……看護師です」「……スポーツ選手だ」。その人がやっていること、つまり、社会が定義したレッテルに注目するのだ。さらにもう一歩踏み込んで、こんなふうに答える人もいる。「水泳が趣味なんだ」「家族に料理をふるまうのが大好き」「人助けをしなきゃ、って思ってる」。

いろんな問いかけをしてみて、普段の自分とはかけ離れた部分を掘り下げれば、新しい世界に思い切って踏み込めるはずだ。自分に正直になるのは難しいと感じる人がほとんどだと思う。答えは自分の中にあるんだ、と納得するには、計り知れないほどの勇気がいる。本当の自分に出会うためには、自分の内側を探る旅に出かけるためにしっかりと勇気を振り絞ることだ。なぜなら、本当の自分は、隠れた部分にあることが多いのだから。本書には、私の視点を通して読者であるあなたを冒険の旅に連れ出し、自分が何者なのかを発見してほしい、という意図がある。

「あなたの価値って何ですか」という質問に、答えられるだろうか。「あなたは何を支持していますか」と聞かれたらどうだろう。意識的に、わかっているだろうか。人生において何が許せないかを知ることもまた、大事なことだ。このような、深くて刺激的な質問に答えることで、自分が何者であるかが垣間見えてくる。

私は、最初から価値主導の生き方を意識していたわけではなく、無意識のうちにそうなっていた。戦争が、人命に有害な影響を及ぼすものだと認識することによって、戦争に対する考え方や感じ方は変化したし、幼い頃から大人になるまでその認識は変わらない。後頭部が痒くなるような、もっと大きな大義があることはわかっている。どんなにかきむしっても、より大きな大義は、後頭部から消えなかった。

私が初めて決定的な行動を起こしたのは、九・一一同時多発テロが起きた時だった。

運命の道

二〇〇一年九月一一日は、私を含め、非常に多くの人にとって、絶対に忘れられない日だ。当時、十九歳だった私は、早朝に起き、ニュースを見たことをはっきりと覚えている。飛行機がニューヨークのワールドトレードセンターのツインタワーに突き刺さるのを、信じられない思いで見ていた。一機めの飛行機が、高層のツインタワー北棟に突っ込んだ時、全身に衝撃が走った。最初に突っ込んだのを見て、真っ先に、これは事故に違いないと思った。人々は「何なんだ、これ！マジなのか？」という反応を示した。疑問、理解不能、そして衝撃の色が表情ににじみ出ていた。「事故とはいえ、飛行機がビルに突っ込むなんて……」

最初の飛行機が突進した後、二機めの飛行機がツインタワーの南棟に突入した。当時、ほとんどの人が最初の飛行機の事故映像をもう一度繰り返しているだけだと思ったはずだ。だが、テレビ画面に生中継の表示が出ると、見る者すべての血管に、不信感がふつふつとわき上がってきた。取材記者でさえ、呆然としていた。今、目撃しているこの恐ろしい大惨事は、いったい何なのか？ニューヨークのツインタワーにまっすぐに飛び込んだ飛行機は、一機ではなく二機だったことが、すぐさま世界中に明らかになった。

非現実の世界に生きているようだった。若かりし私の心は、必死になって、今、目の当たりにしたことを受け入れ、信じようとしていた。ショックだったし、家族や友人もショックを受け、世界中がショックと不信感に苛まれた。

反発心と空回りする思考が落ち着くのにしばらく時間がかかり、やがて、これは勘違いでも事故でもなく、意図された攻撃だと気づいた。でも、誰がそんなことをする？考えが、頭の中をグルグルと回り続ける。突っ込んだ飛行機は一機ではなく二機。被害を受けたビルは一棟ではなく二棟だ。私は、瞬く間に恐怖に飲み込まれ、第三次世界大戦の始まりだと信じて疑わなかった。アメリカが攻撃を受けたのだ。こんな残虐な行為を実行する大胆な輩がいるなんて、誰も想像できやしない。米国国防総省の建物や首都ワシントンDCなど、標的にされたところは他にもあった。そしてテロ攻撃を阻止したのは、機内の乗客だった。実行犯は、自由の求め方をはき違えて命を落としたのだ。

それまで、アメリカには、誰も自分たちには手を出さないという愚かな無敵感があった。そんなバカなマネをする奴など一人もいない、と。そして、一瞬にしてその確信は消え去った。今や、アメリカは脆弱だ。

ちょっと待てよ。これは、イギリスも無敵じゃないってことだなと思った。テロリストからすれば、われわれも攻撃対象だろうし、アメリカで次々と起きた悲劇を目の当たりにした後では、自分たちが思っているほど安全なわけではないのだから。当時、私は自分の人生で何をしたいのか、あまり方向性が定まっていなかった。アニメーターになるとか、起業家のように次々と仕事を変えるとか、そういうのがキャリアとしてやりたいことだと感じていた。そして、それは幻想だった。手仕事や、アニメのキャラクターデザインや制作をするのが好きなのは自覚していた。でも、今、私の頭の中は、新しい目的意識を見つけ出そうとする気持ちでいっぱいになっていた。

心の中を、強烈な恐怖が押し寄せてきて、何かをしなければならないという感覚に襲われ、「うわーっ！」となったことをはっきりと覚えている。ただ、現実を目の当たりにし、自分には何もできないと激しく落ち込んだ。第三次世界大戦へ発展しそうだという幻想が、地元にまで広まったらどうしようということにしか目が向いていなかった。戦争について、本やテレビで見聞きしたことしか知らない。第一次世界大戦、第二次世界大戦と似たような感じなのか。若くて多感な心は「もしも」に群がり、大それた想像を膨らませて生きている。そして、世界が、新たな世界大戦を始めようとしているように思えた。現実から生み出された誤った感情に揺さぶられ、友人や家族が心配でたまらなくなった。未来に向けて、答えのない疑問が脳裏をかすめた。何が起ころうとしているのか。この鮮烈な思いが、私を激しく打ちのめした。

何が起こったのか、というところに立ち返ってみると、疑問の嵐だった。死者の数は？　背景にはどんな理由があるのか？　機内にいた人たちは、これから起ころうとしていることを知り、どう思ったか？　殺戮から逃れようとするツインタワーの人々はどんな気持ちなのか？　北棟が崩壊したのを目の当たりにしながら、南棟の人々はどんな思いだったか？　恐怖にまみれた考えがこんがらがって心を駆け回る。恐ろしいし、ああ、もう考えられない！

自分は役立たずだ。自分の人生について、そして、これまでに自分が成し遂げたことに思いを巡らせるよう、せき立てられた。自分の学歴や経験を活かして支援に当たり、状況を好転させるためにできることはないだろうか？　難しい試みではあるけれど、人生の大きな出来事が、自分の進路を変えるきっかけになることもある。

私は、そうした感情に奮い立たされ、自分がどう生きていくかを考えさせられた。

私は、学習面で問題があったのに、早々に学校に行くのをやめてしまった。人生で何かいいことをしたいという熱烈な願望があり、目標をもっていることを自覚していたが、それが何なのかはまだわからなかった。

九・一一後のある夜のこと。私が警察か陸軍に入ることについて、父と話し合った。もし警察を志願すれば、おそらく人生経験の未熟さが障壁になるだろう。反対に、軍隊に入隊する機会が得られれば、そこでは何かやりがいのあることができるし、世の中で起こっていることに関わり、知識や技術を身につけ、新たな訓練に取り組み、経験を積める。陸軍に入れば、その後警察に入ることになったとしても、有益じゃないか。私は、一般人を守り、人々を助けるというすばらしい仕事をしようと考えていた。

人生には、逆境や絶望的な時には特に、チャンスの扉を開いてくれる不思議な力がある。私は最終的に陸軍を志願することにした。私はイラクの血を引いているため、長い時間をかけて特別な身元調査を受ける必要があった。だが、ついに軍隊生活の道に進んだ。

陸軍入隊

自分に何が起ころうと、私にとって一番の応援者が父であることはわかっていた。すべての親がそうであるように、息子が軍隊生活を送ると宣言した時はショックを受けるものだ。私が訓練キャンプに出発した時、母は取り乱した。わが家の玄関口の窓にかかったカーテンのそばで、母が私に手を振る姿を今でも覚えている。母の目には苦しみの色が浮かんでいた。

私は歩兵部隊に入り、初めて、大義とか意義という、自分の居場所に属しているのを実感した。仕事がほしくて入隊したのではない。世界が攻撃にさらされている中で、自分にも何かできると信じて入隊したのだ。しかも、学業成績が悪かったにもかかわらず、私の意欲と体力の方にもっと目を向けてくれたおかげで、入隊が叶った。

陸軍では、より徹底した訓練を受けて技術を習得する。民間人の生活様式から離れるという訓練もある。体力向上と規律の習得を重視しており、通常、十四週間ほどかけて行われる。第二段階では、自分のやりたいことを仕事にするのか、ディテイラーになるかを自分で決められる。ディテイラーとは、特定の任務のために構成された小集団の一員のことで、さまざまな武器やシステムの知識を深められる。この追加訓練を受ければ、あらゆる種類の武器を使うプロになれるのだ。プロの戦術には演習、つまり軍事演習もある。第二段階は、かなり厳しくつらいものだが、修了すれば職業軍人とみなされる。

訓練と経験を積むために、私は戦争行為、紛争地、前線にまつわる膨大なスキルを身につけた。最初のうちに、このような能力は、戦禍で人命救助のために使うものだとわかっている。ただ、それ以外の場面でも、あらゆる用途で使えてしまう重要なスキルだという認識をいつも持ち合わせているわけではない。私は、二年間、意義深い訓練を受け、さまざまな理由から、第二段階を三度、やり直した。その間、数多くの活動や演習をこなした。だが、戦闘で十分な訓練を受けていても、退役後に、一般の市民生活へ戻った時の備えにはならないのだ。

アフガニスタン

私は、ファミリーデーのことを覚えている。アフガニスタンに行く直前に、新しく兵士になった者が、家族を陸軍訓練場に招待できる日だ。紛争地では何に直面し、どんな経験をするかはわからない。それでも父は、とどまるように説得することはせず、まずは私にとっての利益を考え、「わかった、行くのなら応援するよ」と言ってくれた。父にとって大事なのは、私が幸せになることだけなのだ。

やがて、私は第四小隊でアフガニスタンに派遣された。自分たちには「ファイティング・フォー」という通称名をつけた。コールサインは「コブラ二十」。この駐留中に私の心と精神が動き始め、アフガニスタンの人々の役に立っているという充実感が得られた。だが、自分の決意がどれほど深いかを知ったのは、自分の意志でウクライナに行ってからのことだ。欠けていたピースが見つかり、私の心にぽっかりと開いていた穴が埋まった。今では、ウクライナで人道支援に力を注ぐことこそが、自分が生まれてきた理由だと信じている。自分の居場所がないという感覚、目的がないという感覚、一人の男として自分が何者なのかを模索する感覚は消滅した。

アフガニスタンに駐留中、誰もが実家から小包を受け取っていた。私に届いたのは、父からの小包だけだったはずだ。お菓子や手紙の他、洗面用具など、私の好物や、役に立ちそうなものがたくさん入っていた。こういう気前のいい心遣いから、私を支え、助けたいという気持ちが感じられるし、私の人生に深い意味を与える。かつて父が、困っている人たち、特に金銭面で苦しんでいる人たちを助けていたことを思い出した。

当時、対テロ戦争におけるアフガニスタンへの駐留は終了しつつあった。ただ、私たちはまだテロリズムを懸念していたし、タリバンの居場所も把握していた。アルカイダはイギリスにも潜伏していると されており、フランス、ドイツを攻撃対象にしていた。私は、目的をもって生きており、善行を積み、充実感を味わっていた。陸軍には、すでに戦争と抑圧を経験した国で、過去の時間に戻そうとする暴虐的な政権を排除するという目的がある。その上、アルカイダは、西洋化されたものすべてに宣戦布告したという。私は、西洋人として、このことを個人的なこととして受け止めていた。自分の友達や家族、祖国のこととして捉えたのだ。

情熱をもって仕事に取り組み、人生の目的と、私が願ってやまなかったアイデンティティを獲得できた。誇りをもって軍服を着ており、その結果として家族や友人から尊敬されるようになった。さらに、アフガニスタンへの駐留を通して、家族や祖国を守っているという自負が、状況をよくしようとする原動力を保っていた。長い間、兵士であることを自分の定義としていたし、今でも、ある程度、それは変わらない。

アフガニスタンのことは、たいていのことがまだ記憶に新しい。最初のパトロールのことは忘れられない。暑い中、私は新人兵士として町をパトロールしていた。ある日の夕方、日没後のこと、セメントでできた建物やモスクの周りにある柱のスピーカーから、祈りの呼びかけが聞こえてきたのをはっきりと覚えている。道路沿いをパトロール中、目の前の連中が、ヴァロンの金属探知機を使っているのが見えた。パトロールでは、左から右へすばやく動きながら、ジグザグの配置をとる。一人が、自分の左側かやや前に位置取りをすると、次の人は、前にいる人のやや右後方の位置につき、後ろに向けてジグザグに続いていく。この特殊な隊形をとるのは、手榴弾が作動した場合に、死傷者を最小限に抑えるためだ。また、ＩＥＤ（即席爆発装置）に当たった場合の防御策でもある。

　私は、アフガニスタンで有意義な仕事をすることに集中し、すべての活動を受け入れた。特に、地雷除去作業のさなかに祈りの呼びかけが聞こえてきた時には、まるで映画のセットの中にいるようで、とてもシュールだった！　自分をつねってみなきゃならなかったが、これは現実に起きていることだった。今、ここにいる私は、イギリスからの指示を受けることなくアフガニスタンの戦場にいる。イギリス陸軍で受けた、一流の厳しい訓練のおかげで、私は、職業軍人として仕事をするために必要な知識と技術を獲得したのだ。

　私を、現実に引き戻したのは発砲音だった。自分に向けて発射されるいつもの砲撃とは違う。シュート・アンド・スクートと呼ばれる戦術だ。何者かが、百メートルほど先の、死角の溝から撃ってくるのだ。ダダダダダダダダ、と速射音が鳴る。私たちは、隊列を組んで反撃し、前方に飛び出してぶつかっていき、敵を転がすことを学んできたが、アフガニスタンでは有効な戦術が異なる。こうした状況を経験したことはなかったが、何をすべきかはすぐにわかった。

これまでにない状況に直面し、全員で、水が張ってある畑の用水路に慌てて飛び込んだ。銃声が数発、返ってきたが、それでも敵を攻撃できると思っていた。アドレナリンが全身を駆け巡り、祈りへの呼びかけが続き、銃弾が私たちの頭をかすめる。ブーン、ブーンという音がした。バズッ、バズッ、バズッ。ちょうど、頭上でシューッと鳴っている。ピシッ、バキッという音が聞こえたら、頭を低くしていた方がいい。不思議な話だが、怖くはなかった。訓練をしていると、このような、アドレナリンが誘発される状況に鈍感になる。少し驚きながら、さらなる砲撃音が降ってくるのを待った。攻撃や警告が終わったと確信した私たちは、道路に飛び出して、再びパトロールを開始した。それからほどなくして、無事に基地に戻ってきた。

アフガニスタンへの派遣で一番印象に残っているのは、かなり過酷で、戦闘が多く、とてつもなく暑く、時には呼吸するのもやっとだということだった。特に、最高に暑い時には、日陰にいても息を吸うのがつらかった。

もう一つ、かなり衝撃を受けたのは、一週間の任務に就いた時の経験だ。私たちは、技術者たちが橋を建設する際に必要な資材を運ぶことになっていた。ただ、実際にはその任務に割り当てられたのは三日間だった。短期間の任務ということで、最低限の装備、弾薬、水しか持っていかなかった。チヌーク型ヘリコプターに飛び乗り、目的地まで向かったところ、最初に到着したのはわが第四小隊だった。

着陸後、ヘリコプターが離陸する際に安全であることを確認するため、私たちは全方位防御に入り、三百六十度、外を見渡す姿勢になった。いったんその態勢に入ると、ヘリコプターが離陸するまで、誰もその場を離れない。チヌーク型ヘリコプターにはロールスロイスの新エンジンが搭載されているため、離陸時には、新エンジンの背面から強烈な熱風が吹き出される。そして、砂利や砂を巻き込みながら、地面からは突風が吹き上げるため、かなりの重量の装備を背負っていても、体は吹き飛ばされてしまう。

チヌーク型ヘリコプターが飛び立ち、うだるような暑さの中、砂地で全方位防御をしながら、できるだけ安定した状態を保とうとしていると、何とも言えない気分になる。騒音がやみ、ふと、静かになったことに気づく。そして、背後では、ヘリコプターがバラ、バラ、バラという音を立てて消えていく。ただただ静かだ。しばらくそこに座り、攻撃を待ち構えるが、誰も来ない……。そうしているうちに、自分の担当区域のパトロールに取りかかる時間になる。

そのうち、辺りは暗くなり、私たちは暗視ゴーグルをつけたまま縦一列の隊形に戻った。ヴァロンの地雷探知機で進路の安全を確保する。

やがて、大きな家屋に到着した。まずは、その区域の安全を確保することになる。何とか、小さな果樹園で地元の人に話をつけ、しぶしぶだったが寝る場所を提供してもらった。とはいえ、周囲から丸見えの場所だったので、私たちはカモのようなものだった。その夜、この無防備な位置で見張りの任務に就いた。何事もなくて助かったよ。

残りの期間で、この地域の安全を確認するために通常のパトロールを行った。最初のパトロールを行ったのは昼間で、道路で見回りをしていると、突然、大混乱が起きた。機銃掃射や銃撃を被ったため、こちらも反撃を開始。敵陣は、私たちをめがけて発射してはさっと移動する。攻撃中、同じ場所にとどまるわけもなく、われわれは敵陣の後方にいるはずだと察知し、簡単には逃げられないと思った。この道路の先には、私たちが居場所にしていた家屋があるので、本能的に、その道筋に土嚢を積み上げた。すべて手作業で積み上げながら丘を登っていくため、大変な作業だった。

土嚢を置いていると、時々、川の向こうから銃弾が降ってきた。私たちはこの場所で攻撃に対処しつつ、土嚢で作ったチェックポイントで防御を固めようとしていた。猛暑に耐えながら地域の安全を確保し、パトロールを行う。それは骨の折れる仕事で、非常に危険だった。だが、訓練を受けた兵士として、取り組むべきことを実行した。

この任務でパトロールをしていると、また別の状況に遭遇した。私たちは、初めてある家屋に潜入したのだ。この時までに、派遣されてすでに二週間が経過していたが、短期の任務だと考えていたので、三日分の装備しかなかった。緊張が走る。この任務は、果たしていつまで続くのだろうか、と。

この段階で、別の連隊から男が一人、合流してきた。彼は暗視ゴーグルを紛失していたのに、無許可で単身移動したのだ。そしてタリバンに捕まった。一帯は封鎖される――これは「マンアウェイ」として知られていた。その後、同僚の小隊が、溝で彼の遺体を発見した。かなりぞっとした。なぜなら、タリバンに処刑されたのだから。結局、私たちは六週間かけて、その特定の任務に当たった。

私たちは、別の農民の家屋に滞在した。というのも、私たちはタリバンの強力な拠点がどこにあるのかを調べていたからで、その場所へは誰も行ったことがなかった。私に歩哨の順番が回ってきた時には、屋根の上にいた。みんなは、落ち着こうとしていた。何もないのに、茂みがざわついている。私の友達が、GPMG（汎用機関銃）で歩哨に立っていた。

「なあ、あそこを見てみろよ！」と呼びかける。ただの農夫かもしれないと思ったのだ。まず、待ち伏せされるまでは誰かを撃ったり、攻撃したりすることはできない。それが交戦規則だ。

突然、どこからともなく、ドスン、ドスンという音が聞こえた。グレネードランチャーから発射された二発の弾が、私たちからおよそ十メートルのところに着弾したのだ！　運がいいことに、私たちは敵よりずっと高いところにいて、敵の仕業とわかったため応戦した。とはいえ、敵がバグアウト（速やかに撤退すること）することもわかっており、その後、さらなる銃撃戦となった。

かなりの至近距離だったため、緊張が高まる。ドキドキしているうちに、敵は、私たちから三十メートルから四十メートルほど離れ、あっという間に姿を消した。この状況を警戒態勢という。敵は私たちを見ていたのではなく、私たちの後をつけていたのだ、とその時気づいたのだった……。

その家屋には長く滞在したものの、そこから脱出せよ、という命令が来た。それで、私たちは、脱出したように見せかけた。敵でさえ、私たちは去ったものと思っていたようだが、われわれは隠れながら追跡してくるのを待っていた。地元の人たちが戻ってきた時には奇襲を仕掛けたが、武器を持っている者はいなかった。彼らの服装から、私たちを襲った犯人はこの中にいると確信したものの、それを証明することはできなかった。この時点で、私たちを監視する者がいることを察知していた。

今いる家屋を出て、最初に潜入して確保しておいた、一つ前の家屋に戻ることにした。畑を横切るように隊列を組んでパトロールしていた時、左手に、バイクに乗った十代の若者が追いかけてくるのに気づいた。奴はいったい何をしているのかといぶかった私たちは、威嚇射撃をした。タリバンに、私たちの居場所を報告しているのだろうか。私たちは数多くある脆弱な地域の、小さな橋をいくつも渡っていった。パトロールをやめることなく、時々、警告のために二、三発、発砲したが、バイクは私たちの後を追い続けていた。

緊張は高まっていた。ある村に入ると、女性や子どもたちは一人も見当たらなかった。これは不吉な兆候だ。いきなり雰囲気ががらりと変わり、私たちがその地域をパトロールし始めると、戦闘が火ぶたを切った。どのくらい続いたかわからないが、やがて鎮まると、タリバンに属していると思われる若者はバイクに乗ったまま姿を消した。

そろそろ、ここを離れる時が来たので、別の場所を探した。新たな地域に入ると、起爆スイッチにつながるワイヤーを見つけた。ワイヤーを引っ張るとＩＥＤが起爆するというもので、われわれを殺すためのものだった。だが、運よく作動しなかった。

私たちはＩＳＴＡＲ（情報収集・監視・偵察・目標捕捉）爆発物処理の専門家を呼んだ。私たちが現れることを、尾行していた若者が村に知らせていたのだ。全方位防御で待機していると、またしても奇襲攻撃が始まった。背後から、そして左側から機関銃が連射される。訓練された兵士として、他の兵士と同様にふるまう。敵の銃撃を受けたら、軍曹が立ち止まって指示を出す。応戦しながら、マズルフラッシュ（銃口の閃光）、敵の動き、弾丸の行方を探った。

その間にも、弾丸は猛烈な勢いで私たちの左側と後ろ側から飛んできた。同時に、爆発物処理隊がヘリで飛んできて、ＩＥＤを起爆不能にした。四方八方で交戦が起き、緊張が高まっている。爆発物処理隊がＩＥＤを起爆停止させると、私たちの左約百メートル先にある壁の向こう側から銃撃が始まった。銃撃戦は数時間続いていた。銃弾が数発、ヒューッと音を立てながら頭上をかすめる。ヒュー、ヒューと耳障りな音がする。ＲＰＧ（ソ連製の携行式ロケットランチャー）が着弾する音だ。

このような交戦下に、私は、機関銃手であり仲間の兵士でもあるウッディとともに泥の溝の中にいた。ウッディはショットガンを携えている。小隊から孤立してしまったので、戻らなければならない。不運なことに、IEDを解除していたＩＳＴＡＲの二人が負傷し、私の軍曹は、両脚と片腕に傷を負っていた。同時に、自分たちが機関銃の標的になっていることに気づいた。銃声が、四方八方から聞こえてくる。

ありがたいことに、同僚の小隊が戦闘に加わった。この段階で、攻撃開始から四時間になろうとしていた。私たちは前に進んで小隊と再度合流しようと決めた。同時に、死傷者を収容するため、ヘリコプターが着陸しようとしていた。シュールで、まるで映画のような光景だ。私たちの周りで、すべてが同時多発的に起こっていた。受け止めなければならないことがたくさんあった。

並木を突き進みながら前進しようと立ち上がった。私が一番手として外へ出て仲間との接触を断ったが、敵は私たちの位置を正確に把握していた（並木とは、直線的に植えられた樹木の列のことであり、自然の景観の特徴を示しているわけではない）。銃弾が私の上を通過する時、ヒュー、ヒューという音は、さらに大きくなった。頭上では、ブーン、ブーン、ブーンと音がしている。

前進しながら並木を突破するも、敵の姿は見えない。困ったことに、われわれの前方は、敵に完全に塞がれていた。後方の側溝にいる仲間たちに、こちらから敵は見えないが、私たちは見られていると叫んで伝えた。今は、泥まみれの溝の比較的安全な場所にいるが、百メートルほど離れたところに、銃口が光っている。私たちは、敵の発砲地点とその周辺に向けて発射し始めた。袋小路だ。前進も後退もできない。身動きがとれない中、頭上ではヘリコプターの音が轟いていた。

ＲＰＧを発射。戦闘開始から約五時間が経過した。敵にしてみれば、本格的な交戦だった。水と弾薬が急速に不足してきたため、最終的にこの状況を打開する必要があると判断した。中には被弾した者もいて、私たちはまとまりを失っていた。小隊は前進できず、われわれは優勢ではなかった。至急、脱出する必要があり、迫撃砲チームを呼んだ。このような状況は「危険接近射撃作戦」と呼ばれる。

迫撃砲チームの専門家を呼んでついに作戦を実行に移した。しかし、本来、砲撃作戦を開始するには、発射前に標的から三百メートルほど離れていなければならない。私たちは百五十メートルほどしか離れておらず、危険地帯にはまっていた。

それでも作戦が決行されると、突然、想像を絶する大爆発が起き、ここらにある家屋を直撃した。ズドン、ズドン、ズドン、ズドン、ズドン。およそ六門の迫撃砲から、二発ずつ、十二発の砲弾が、間断なく私たちを襲った。地響きがして、空気が吸い出されては押し戻される感じがした。たった百五十メートルしか離れていないのだから頭を低くしていなければならない。泥や砂利のかけらが私たちの頭や周辺に降り注いだ。集中砲火は永遠に続くように感じたが、ほんの数分の出来事で、その後、何もかもが収まった。それが、再び身を隠す合図となった。

ヘリコプターは負傷者を乗せて基地に戻り、今は静寂に包まれている。悲しい話だが、彼らが無事に到着したかどうかはわからずじまいで、今後も知ることはないだろう。「知らないこと」は、いずれも戦争の一部だ。確認する時間はない。家屋に戻り、自分たちの安全を確保することだけを考えなければならなかった。

爆弾や他の武器ではなく、銃を使った戦いで、全身から「前に進むな」と命じられるような感覚を味わったのは、この時が初めてだった。だが、仲間のため、小隊のため、そして自分の担当する地域のためだとわかっているからこそ、前に進まなければならない時には、訓練で身につけた能力が役に立つ。戦いたいとか逃げたいとかという感覚を無視する能力だ。

しかも、訓練によってその能力を実践できるようにする。私が、そもそもアフガニスタンにいる理由がそこにある。自分の信念と行動のために戦っているのだ。しかし、戦うか逃げるかという感覚を無視することは、兵士としては変な気分だ。本能に逆らっているのだから。この経験のすべてが、生き残るための訓練、義務、そして必然性を実証している。最初の経験はいつまでも心に残るだろうが、私たちはさらなる経験を積んでいく。経験を積むことで、どういうわけか楽になる。先に何が待ち受けているのかをより意識するようになり、それにどう対処すればいいかがわかるようになる。アドレナリンは相変わらずわいているが、最初の経験ほど違和感はない。

私は最善を尽くした。目標を設定し、外に飛び出してそれを達成した。ずば抜けて優れているわけではなかったが、経験と生きるための知恵で自活する機会を作り、何人かの命を救ったとも感じた。だが、それでもなお、心の底から満たされることはなかった。

第二部◆

イギリスから来たコサック

イギリスから来たコサック

アフガニスタンでの駐留経験から、戦争で、また紛争地で優れた兵士になるのに何が必要なのかがわかった。現地での時間を振り返りつつ、私は、これまで学んできた人生の教訓に目を向けるようになった。

軍事訓練によって交戦に備え、特定の状況に対処する技術を習得する。だが、周囲であらゆることが起こっている戦地での任務にはまだ及ばない。機動作戦や武器の扱い方、発砲の練習をし、行動の準備は整うが、精神面、感情面での準備は万端かと言われると、いささか疑わしいところだ。

訓練場は戦場とは異なる。射撃音や、状況に対する人道主義的な面、現地の人たちへの対応、そして、ほんの一分で通じ合い、次の瞬間には気持ちを戦いに切り替えることに慣れる必要がある。現地の人たちと交流していた次の瞬間、あっという間に兵士になって侵略に立ち向かわなければならないのだ。ほとんどの人が、その両極端な立場を行き来するのは厄介だと思う。ただ、経験を積めば少しはやりやすくなる。

アフガニスタンにいた頃は、七ヵ月間、時にはもっと長く作戦に従事することがあった。そして、いつの間にかそれが普通になっていた。どんな時でも、与えられた環境に適応しなくてはならない。瞬時に変化に対応することを学び、思考と反応の柔軟性を鍛える。訓練では、普段の日常業務をこなしつつ、ただちに兵士の役割に切り替えて爆弾への対処や負傷者への対応に当たり、またすぐに日常業務に戻れるよう、最善の方法で支援し、準備できるようにする。私は、経験を積み、あらゆる感情に備えられるようになった。

アフガニスタンで使用してきた装備はすべて、ウクライナでの装備とほぼ同じだ。武器も、ほぼ同じに見えたが微妙に違っていて、すぐにその違いに気づく。引き金や銃口、安全装置についても学ぶ。自動小銃の使い方を覚えれば、あとは腕が鈍らないように練習あるのみだ。実戦で使用する前に、五分間、試射時間が与えられる。内心、まだ本物の自由を手に入れたと思っていなかった。イギリス陸軍の一軍人である以上、政府が掲げた旗の下にあり、制限があるため完全なる自由は感じられない。わが身を軍に捧げて九年で、正直に言えば後ろ向きな気持ちで退役した。体調面で不安を覚え、軍に対して恨めしさを感じた。突っぱねられた気分になったのだ。子なしの独身男性という私の立場は軽んじられ、再び、市民生活にすんなり溶け込めると太鼓判を押してもらえることはなかった。捨てられた気分になり、なぜ、陸軍で私の面倒を見てくれないのかと尋ねた。前途は長く、暗く見えた。こうした考えが渦巻き、自分の世界観や、自分自身の見つめ方に影響を与えた。

退役した時、自分の進むべき方向がわからなかった。アイデンティティを失い、現実的な目的も目標もなかった。多くの退役軍人がそうであるように、私は将来性のない仕事をいくつか経験し、苦境に陥って鬱病になった。不当に扱われたと感じると、その後の選択で破滅の連鎖にはまることが多いものだ。私のように、痛みと絶望感を和らげるために薬物やアルコールに手を出し、誰も気にかけてくれないと思い込む者もたくさんいる。私は自分自身を「破滅」させるようになり、何度も「慰めの会」に出席したが、気分がよくなったり、心を入れ替えたりすることは一度もなかった。それどころか、私は無責任な下降スパイラルに飲み込まれ、リピートボタンを押していたのだ。

　物事の善悪にかかわらず、全力で新しいことに踏み出そうと考えていた私は、もっと前向きになれることに集中しようと決めた。その一方で、私は夜に働いていたため、日照不足が祟った。絶望から抜け出すために、自分自身に責任をもとうと思い、ジムに通って体を鍛えた。肉体改造に没頭した結果、ガリガリだった少年は、立派な体格の一人前の男へと変貌を遂げた。

　体力が向上してきたので、ＰＳＳ（パラダイム・セキュリティ・ソリューションズ）に所属しながらいくつかの資格をとることにした。ＰＳＳとは、ロブ・パックスマンという元特殊部隊の男が経営する、非公開のボディー・ガード会社である。ロブは、ＳＡＳ（イギリス軍の特殊空挺部隊）の元メンバーで、紛争地での任務に就くための訓練もできる人だ。私は、自分のために働くという道を選んだことで、すぐに仕事を手に入れ、再びお金を稼ぎ、立ち直ることができた。私が好きなのは、こういうやり方なんだ。それに、再びこの世界に飛び込むことで、私は、もう一度方向性を確かめ、目的をもてるようになった。働いて、また収入を得られるようになった、という利益も手に入れた！　護衛業界には元軍人がたくさん引き寄せられる。この仕事をしている間に、私は充実感を取り戻していた。

自分は兵士だという認識は、いつまでも消えないものだ。多くの兵士は結婚して家庭をもつが、私は、予備役に入ろうと考えていた。兵士であること、守ること、そして、状況を改善することは、私の血とDNAの中に息づいている。決して満足することはなく、常に何かを求めていた。

二〇二二年二月、ロシアは、ウクライナで「特別軍事作戦」を開始した。この出来事は、二〇一四年二月にロシアがクリミアを併合した時よりも、状況はさらに悪化しているように思えた。この八年間、ウクライナの人々は、ロシアが刃をむき出しにしてウクライナ全土を乗っ取ろうとし、ウクライナの人々や文化、歴史や主権を抹消しようとするのは時間の問題だと思いながら生きてきたはずだ。

ある日、私はニュースでウクライナの映像を見た。忘れられないのは、ある老人が土嚢を積んだ家の外に立っている映像だ。土嚢の奥にある玄関で、ライフルを手にしたまま、ロシア軍がやってくるのを待っていたのだ。誰も、何も、彼から自宅での平和な暮らしを取り上げられやしない。自分の権利と自由のために、戦う準備ができていたのだ。私は、頭にきていた。彼らのような人たちが苦労することはよくわかっていたからだ。自分たちの主権や祖国を守ろうとする貧しい人々を、ロシアの乱暴者が権力で切りつけているのを目の当たりにした。私なら、彼らの窮地を救える。そう確信した。

ボディー・ガードの仕事をしていても、私はまったく満たされていないことに気づいた。そして今、再び兵士となり――おそらく、もっと自分らしくなり――、苦境に陥った国を助けるチャンスがここにある。このニュースを聞いた時、私の中の何かがかき立てられ、全身の細胞が、ウクライナに行きたいという揺るぎない衝動にどっぷりと浸かりきった。

数年前、第二次世界大戦のドキュメンタリー番組を見た時に、子どもの頃に感じた思いがわき立ち、時速千六百キロメートルくらいで心の中を駆け巡った。そして、思い出した。父はかつて軍隊にいたのだ、と。世界は常に混乱しているように見え、戦争は、ニュース番組が流れるテレビ画面から消えてなくなることはない。そして九・一一が勃発、私が軍隊に入るきっかけとなった。軍人になり、心に残っていることと言えば、事態を向上させ、充実感を得られたこと。もし今日、このような状況が起きたら、私は真っ先にそこに飛び込み、祖国と自由のために入隊するだろうと、何度も自分に言い聞かせた。

一人の男のせいで、ウクライナでこのような侵略が起きていることが信じられなかった。プーチンと、奴の非人道的な考えのせいだ。私は、夜の仕事とパトロールの合間に、オンライン上で次々に明らかになる光景を、信じられない気持ちで見ていた。

気がつくと、今後の筋書きやとるべき行動が頭の中を駆け巡り、「外に出なきゃダメだよ、シャリーフ」というささやき声しか聞こえなくなっていた。でも、どうすりゃいいんだ？　それをやってのけたある男のTikTokを見て、頭の中の疑問が抑えきれなくなった。「私も、同じことができるかな？」と。

ウクライナへ行き、民間人に希望を与え、彼らに勝利のチャンスを与えたいという衝動的な思いは強烈で、圧倒されそうだった。その願望に強く後押しされ、すんなりとウクライナに行けるのかと疑問に思い、自分の感情に奮い立たされた。どうすればそこにたどり着けるか、オンライン・フォーラムなどのサイトで調べ始めた。

ウクライナの人々を助けたいと思った。何も考えずに、合法であろうと違法であろうと、ウクライナに入国することこそが何よりも重要だった。レジスタンスを支援するために、現地へ渡りたかった。自動小銃の正しい撃ち方を教えたり、防御を固めたり、たとえ一ヵ月でもできる限りの手助けをすることで、支援が叶うと気づいていた。その瞬間に、どんなやり方であれ、自分にできる方法で人道支援をすることこそが大事だった。

人生の中で、不意に自分がこの地球上にいるのは何かの目的のためだと思い当たる時がある。たいていの場合、その目的を理解できず、信じる勇気をもてないけれど、自分の人生で何か重要なことを成し遂げたいという思いは常に心の奥底にある。父と同じく、私の中にも、絶えず、人々の生活を向上させたいという思いが根付いている。特に、技術やノウハウをもっているならなおさらだ。だから、あらゆる情報で武装をした時、人間として何もしないでじっとしていることなどできるはずがないのだ。

誰かを助けたい、誰かを守りたいという強い願いが、私は何者なのか、ありのままの自分とは何なのかを教えてくれた。この、目的のある役割こそが、私の新たな天職だ。イギリス陸軍でアフガニスタンに派遣された時代は、ウクライナを支援するための事前準備となり、自信や知識、技能を培った。私は人道主義者として、また元軍人として、民兵の役に立てると信じていた。イギリス出身のコサック（半農半兵の「自由の民」）は、いかなる犠牲を払っても、自由のために戦う準備ができているのだ。

ウクライナのボロディミル・ゼレンスキー大統領が、ロシアの違法な侵攻に対抗するため、「平和と民主主義の友」に対して、ウクライナへ渡航して参戦するよう呼びかけたその時が、ゴーサインとなった。声明はこう続いた。「これは、ヨーロッパに対する、ヨーロッパの構造に対する、民主主義に対する、基本的人権に対する、法と規則と平和共存の世界秩序に対する戦争の始まりである」。

この嘆願は、大統領からの招待状だった。もう誰にも私を止められるもんか！　私は部屋を歩き回り、頭を振り、立て続けにタバコを吸った。この戦争は、救命援助を行うその一方で、何か、すばらしくて充実感が得られる機会なんだ。この戦闘に全力を傾けることで、自分の人生のあらゆる問題や葛藤を、価値あるものに変えられるはずだ！　すべては、この瞬間のために築き上げられてきた。私にはわかる。血の中で、それを感じられる。よし、決めたぞ。

ゼレンスキー大統領は、テレビを通じ、自分たちの地域社会に着弾するさまを思い浮かべてみてほしいと述べ、各国に、ロシアへの制裁をさらに強化することを要求した。その映像に私は釘付けになった。大統領は、連日、ビデオリンク（テレビ会議システムによる接続）を通じた世界の首脳陣との会合で、緊迫感をあおり、ロシアの進撃と砲撃を食い止めるため、ウクライナにできる限りの支援を要請した。率直な語り口と、胸が締め付けられるような訴えが響き、ウクライナへ行く決意を固めた。ウクライナの主権と自由が危機に瀕している。それに、不公平感に悩む私の心は、このまま何もせずに立ち止まっていることを許さなかった。

私は、行動する男だ。何より、私の道徳観と価値観が、何もしないならお前は何者なのか、という疑問を投げかけてきた。答えはたった一つ。「これ、やるつもりなのか？」繰り返し問いかける。「お前は、これをやるつもりなのか？」と。今は、優柔不断に陥っている場合ではない。断固、決断を下す時だ。「自分に背を向けるんじゃない。今が決断の時なんだ！　こうなったら、やってやろうじゃないか！」

いつしかまたオンラインでチャットサイトをあれこれ見ては、どうすればウクライナへ行けるのか、尋ねて回っていた。あるグループに、「ウクライナに行くつもりなんだ。どうやったら行けるか、誰か知らない？」とメッセージを送った。そうしたら、巡視船で航海中のアメリカ人男性から返事が来た。彼は、ＷｈａｔｓＡｐｐ　Ｍｅｓｓｅｎｇｅｒ（世界で広く利用されているメッセージアプリの一つ）を使って、ノルマン旅団などと連絡を取れるらしい。ノルマン旅団とは、カナダ、イギリス、アメリカの退役軍人によって二〇二二年に結成された、ウクライナ軍の名のもとに戦う秘密戦闘部隊である。

ノルマン旅団に連絡をとってみたが、私のやろうとしていることを信じてもらえなかった。コンフォートゾーンから一歩、踏み出す時に、ググググッという音が出るものだ。まあ、私はそんな音を出して、一歩、踏み出した。言葉だけでなく行動で示す時が来たというわけだ。

ゼレンスキー大統領の呼びかけがあまりにも刺激的だったため、引き下がろうなどとは思うはずもない！　私はノルマン旅団とチャットを続け、延々と話し合った結果、彼らが、二日後に出発することがわかった！　頭がこんがらがった。そして、まずこう考えた。二日以内の出発は無理だけど、一週間以内なら行ける、と。次の給料が入るのは一週間先だから、今はお金がない。

チャットを続けるうちに、私は即決しなければならなくなり、第二段階としてWhatsApp Messengerで別のチャットを開くのはどうだろう、と提案した。それなら、二月末から三月初旬頃に退役する男たちを、私と同じく集めることができる。こうした働きかけにより、今すぐにできることと次の段階にやることを、情報として分けて提供することができた。

何が起こっているのかわからぬまま、二十通のメッセージが届いた。メッセージにはこう書かれている。「あなたは第二軍のノルマン旅団の司令官だそうですね」。私は、リーダーシップを発揮しつつ、あえて質問し、提案し、解決策を示していたのかもしれない。

唖然としたが、すぐに自分を落ち着かせなければならなかった。もう何も考えずに、こう答えた。「私が？　まあ、そうかもな」。つまり、これが進んで物事に取り組んだ時の気持ちなんだ！

残りの一週間は、ボディー・アーマーや装備の準備、飛行機や宿泊先の手配に追われた。私たちの出発日に向けて。

「私が生まれてきたのはこういう人間になるためか?」そう自問した。私は、専門的な訓練を受けた兵士だ。以前にも紛争地に行ったことがあり、気がつけば、今が人生で最高の状態だと思った。

こういう人間、というのは私、シャリーフ・アミンのこと……ようやく私は、ウクライナ人にとっても、自分にとっても意義のある、目的をもった仕事に取り組もうとしているのだ。

私は、兵士であり、誰かを全力で守り、何があろうと人々の人生にいい変化をもたらすことを大事にする男だ。それは、高齢者を約束の場所まで送り届けたり、一杯のお茶を分け合ったり、鬱病や不安神経症を患う元軍人とおしゃべりをしたりするような些細なことでもいい。私は、自分のことを人道主義者だと言っている。正義感と、人に対する愛情が、自他ともに「できる」と思う以上のことを成し遂げる原動力になっている。

自分よりも大きな使命とつながっていると感じれば、人間の精神は何でも成し遂げられるものだ。自分は歯車に過ぎないけれど、自分がいないと、歩みが遅れてしまうことがわかってくる。こんなふうに物事を捉えると、自分が必要不可欠で重要な存在であり、もっと重要な大義を成し遂げるために必要とされていることに気づく。

人生をこんなふうに理解できるようになるには、時間と努力、そして議論することも必要だが、理解できるようになれば、人生は新たな意味をもつようになる。がらっと変わるのだ。その日を怯えながら過ごすことなく、ベッドから起き上がるのにぐずぐずすることなく、人生で新たな生まれ変わり、自分や他人の人生によい変化をもたらすことができるんだとわかって活気づいてくる。他人を惹きつけるエネルギーがわき上がり、使命によって充実感が得られ、人生をもっといいものにするために自分がしていることは、やらなきゃいけないことなんだという感覚を味わえるのだ。

イギリスの退役軍人である私は、すでに「バンド・オブ・ブラザーズ」という概念をもっていたので、まずは自分の使命を伝えようと思った。説得はいらないはずだ。なぜなら、陸軍に所属し、奉仕活動をすることが、人道的精神を生み出す種になるのだから。ここで生まれる不屈のエネルギーを使って、成長する目的を見つけ、求められる場所で前向きに変化していくことが求められるのだ。

この考えは、ACSの結成という形で実を結んだ。ACSとは、私が率いる元軍人のグループであり、バンド・オブ・ブラザースは、現地のウクライナを少しでも助けることを使命としていた。

バンド・オブ・ブラザーズ

軍隊生活やプロジェクトにおいて、チームの一員であることは、何よりも満ち足りた気分になれるものだ。同じ意見を分かち合い、同じような意欲をもち、事態を向上させようとする人たちとともに働くことは、その時、その瞬間の人生に意味を与えてくれる。チームを作り、人と出会い、生涯の友情を築くことが私の夢だった。陸軍に入隊し、冒険に出ることは、本物のバンド・オブ・ブラザーズを作る基礎となる、すばらしい経験だ。互いを知ることで初めて生まれる興奮と未知なる体験は、いいところも悪いところもひっくるめてチームとしてまとまることの集大成であり、それは困難な状況や苦難のもとで一丸となる時の土台となるものだ。

表向きは、仲間がいて、その仲間がチームのメンバーで、すべてがうまく回っていて、全員がすばらしい時間を過ごしている。チーム内で、物事がうまくいかなくなったり、問題が起こったりすると、相手の本質が見えてくる。つまり、苦難を分かち合って初めて、お互いがどんな人間なのか、どんな人柄でどんな性格なのかがわかるのだ。

誰かとともに窮地に立たされた時、特に前線にいる時には、決断力、集中力、チームとして働く能力などの特性がはっきりする。このような命がけの状況では、自分で感情をコントロールすることが不可欠であるが、死を目の前にした時にはそれが難しくなるのだ。砲弾、銃弾、手榴弾が四方八方から飛び交う中、冷静な判断力が求められ、その時こそ訓練の成果が発揮される。考える時間さえないこともあるため、無意識のうちに行動し、反応できるように備えるのだ。訓練で行ってきた基本的な練習は、戦場での備えになる。ただ、学んだことすべて、そしてチームワークの重要性は、経験してこそ理解できるものだ。

自分が思い描く結果に責任をもてば、逆境に直面しても前向きでいられるし、どうにか好転させられるものだ。物事が思い通りにいかなくても、お互いについて深く分かり合えば、部隊としての結束は強まる。いいことからも悪いことからも学ぶこと、それが偉大な兵士になる秘訣なのだ。そして、このような経験を共有すれば、友人としての絆をより強くできるという、嬉しい思いもできる。

人生には何事も表と裏がある。対人関係が良好な環境で働いて生活していると、誰かと簡単につながれるけれど、必ずしも強い絆で結ばれるわけではない。ただ、長期間にわたって苦難を経験し、特に痛みや悲しみ、人生を変えるような苦労を分かち合うことで、物の見方は変わる。このような暗闇の経験を通して、感謝することを学び、うまくいっている時には深く感謝できるようになる、というプラスの考え方もできる。

こういった要素を、まるごと人種のるつぼに放り込んでできあがるのがバンド・オブ・ブラザーズだ。一人ひとりに対して確かな信頼と知見があり、各自の癖や性格の違いを理解することで寛容な気持ちになれる。自分の両隣にいる人間が次に何をしようとしているのか、心配もせずにその人たちを頼っていいのだ。バンド・オブ・ブラザーズに不透明な部分はない。あなたが彼らの手の中にいれば安全であり、彼らもあなたの手の中にいれば安全だとわかることで回復力を高められるのだ。

バンド・オブ・ブラザーズという概念全体が、アイデンティティと帰属意識を授けてくれる。軍人としてのキャリアを終える時、埋めがたい大きな溝が残るものだ。これは、兵士たちが軍隊を離れた時、仲間意識や深い絆を懐かしみ、ありきたりな日常生活で苦労する大きな理由の一つである。民間人の大半が、このような親密さや特別な絆をもたない。

軍人ではなく、非戦闘員の生活では、仕事に行って帰宅し、夕食をとったり仲間と酒を飲んだり、笑ったり冗談を言ったりする。路上でケンカになれば、男たちが複数で助けてくれるかもしれないし、助けてくれないかもしれない。でも、陸軍で「バンド・オブ・ブラザーズ」と一緒なら、背中を押してもらえるし、助けてくれるとわかる。まさに『三銃士』に出てくる「一人はみんなのために、みんなは一人のために！」という言葉のように。

寒くて、ずぶ濡れで、惨めで、疲れていて、もがいている時に、面と向かって怒鳴られ、銃で撃たれるような過酷な訓練の日々の中で、絆は確立される。さらに、重い荷物を背負っていても、自分一人ではなく、他のみんなも同じ経験をしていることを知っている。このような、困難な状況がお互いに助け合う機会となり、戦地で厳しい時期にもその機会が途絶えることはない。人間としても部隊としても機能しながら、血と汗と死に向き合わなければならないのだから、自分が変化していることに気づくはずだ。正真正銘のバンド・オブ・ブラザーズがあるから、こんな時代にも安らぎを感じられるのだ。

十年経っても、十五年経っても電話をくれる陸軍時代の友人がいるとわかれば、いくらか安心できる。なぜなら、その絆は決して消えることがないからだ。一度、兵士になれば、ずっと兵士でいられる。仲間意識のつながりを深めることは、私たち全員が目指していることであり、探し続けていることでもある。その空白を埋めることに魅力を感じられるからこそ、私のような退役軍人の多くは戦地に何度も戻るのだ。人は、同じ志をもった仲間たちと一緒にいることで、自分の人生に目的と意味を与えたいと思うものだ。

ウクライナで、願わくは、志を同じくする兵士や元兵士と、長期的に活動したい。なぜなら、彼らにはバンド・オブ・ブラザーズの基本的な姿勢が備わっていて、意欲があるからだ。このチタン並みに固い絆は、部隊として前進し成功するために何よりも重要である。この絆こそが、今後数カ月の間に展開されるであろう困難な状況や苦難を支える、団結の基盤なのだ。

コール・オブ・デューティ

「それは私を最前線に呼び出す、ある種の誘惑の言葉だった」
――ジェームズ・フォーリー（アメリカのフリージャーナリスト）

ジェームズ・フォーリー氏は、二〇一二年にシリア内戦を取材したアメリカ人のフォトジャーナリストで、最前線に赴き、悲惨な戦況を写真に記録した。彼の体験談は私の心に響き、漁師を死へと誘う人魚の昔話を思い出させる。前線に足を踏み入れることの魅力は、フォーリー氏の言う「コール・オブ・デューティ」にある。

だが、彼は拉致され、約二年間拷問を受けた後、持ち前の道徳的な勇気、自由、民主主義という価値観の見返りに、ISISによって無残にも殺害された。彼の遺産は、すべての人質の自由を求め、ジャーナリストと国際的な同志を保護するために設立された団体、ジェームズ・W・フォーリー・レガシー財団によって受け継がれている。彼の道徳的な勇気、写真による戦争の記録、そして人間性を、私たちは忘れない。

祖国のために戦う男性のほとんどは、支援者として戦場に赴くのであって、他人を殺すために前線に向かうわけではない。人間の本質は、殺すことではなく守ることだ。それなのに、歴史上では今日も人命を尊重せず、破壊と殺戮を選ぶ者がいる。私は、兵士を人道主義者とみなしているので、自分のことも人道主義者と表現している。

他人や祖国、大義のために命をかける兵士たちは、戦禍に生きる人の命が危険と隣り合わせであることを知っている。だから、自分の命が危険にさらされないように願い、祈るのだ。

紛争地で暮らす、あるいは最前線を生き抜いた経験がない限り、勇敢な兵士たちや、コール・オブ・デューティとして戦いに参加すると決めた人たちが、結果的に何を得られるのかはわかりづらいものだ。せいぜい、同情を示すことができる程度だろうが、バンド・オブ・ブラザーズの中では、広く共感されている。

テレビゲーム好きなら、誰でも知っているのが「コール・オブ・デューティ」だ。私は、冗談も嘘もないこのような実話を語る際に、コール・オブ・デューティの考え方を盛り込むべきかどうか、悩んだ。悩んだ末に、コインの表と裏を見せる必要があると判断したのだ。「コール・オブ・デューティ」というゲームは、見た目は現実っぽく感じられるが、究極の現実逃避である。とはいえ、それは現実の戦いの渦中にいる時の恐怖や雑音とは対極にあり、あなたの一挙手一投足が、自分と周囲の人々の結果につながるのだ。

ウクライナ国民は、自分の子どもたち、家族、家、村、町を守り抜くために「コール・オブ・デューティ」の考え方をもっていると思う。それを、誰も責められやしない。実際に、祖国がいきなり不法に侵略されたら、あなたも同じような思いを抱くはずだ。

実際の「コール・オブ・デューティ」はゲームなんかではない。生きるか死ぬかの問題であり、そこでは、どんな犠牲を払っても自由を得るための準備ができているのだ。

第三部

ウクライナでの使命

二〇二二年三月

二〇二二年三月一〇日。ようやく、私たちが直接対面する日が来た。ブリストルにある「ハチェット・イン」という、船乗り用の古いパブで待ち合わせた。グレードⅡ指定建造物（イギリスでの登録建造物のランクで、歴史的・建築的価値が高い順に、グレードⅠ・Ⅱ・Ⅲの三段階に分類される）で、一六〇六年に建てられたものだ。そこで、さまざまな職業に就く元軍人たちが初対面で集まり、いくつかのテーブルを囲んだ。ビールを数杯飲みながら、世間話をしていたが、時折、見つめ合っていると、その視線が多くを語っていた。私たちはみんな、ウクライナに行くことになる。それはもう、始まっているんだ。

集まった中には、衛生兵や土木工兵、狙撃兵だった者もいた。従軍期間はそれぞれ違ったが、バンド・オブ・ブラザーズという、共通の絆で結ばれていた。欠席者もいるが、それでも構わなかった。私たちはここで、ウクライナを全力で支援するという任務を引き受けることになった。

酔いつぶれたくなかったので、数杯飲んだところでホステルに向かった。夜を過ごすためにとった部屋だ。

私たちは座って、しばらくは、いつもと変わらない会話を続けた。それぞれが、持ってきた荷物や装備を整理することにした。衛生兵は生理食塩水と止血帯を取り出し、FFD（野戦用包帯）を分けてくれた。そして、止血帯も。胸がざわついた。怖かったとしか言いようがない。これから、何が起こるんだろう？　武器も持たずに銃撃戦に突入するというのか？　何が待ち受けているのか、見当もつかない。誰もが不安を抱えていたが、自信をもって、ポーランド行きのフライトを予約していた。全員が適切な装備を持っていることを確認している時から、明らかに仲間意識は芽生えていた。荷物や装備を、すべて、偏りなく共有することが重要なのだ。やがて、寝る時間になった。明日は、朝一番にポーランドのクラクフへ向かうのだ。

三月一一日、ウクライナへ向けて出発だ。十六人がポーランドに向かうこととなった。正直に言うと、怖い。だが、出発した時からずっとアドレナリンが噴出していて、自分の人生を変えるような取り組みをするんだという現実に刺激を受けた。

ブリストル空港から飛行機に乗り込んだ。任務は始まった。エネルギーは張り詰め、少しざわついている。

ついに、ポーランドに降り立った。私たちは、ポーランド各地から集まった男たち数人と会うつもりだったが、彼らの姿はなかった。同時に、部隊のうち、数名がようやく事情を飲み込めたようだ。自分にとって、ウクライナ行きが重荷であると悟ったのだ。そこで、私たちは彼らのために、イギリスへの帰国便を手配してやった。というのも、ウクライナでの任務が彼らにとって「適切」でなかったからだ。おそらく、怖じ気づいたのだろう。それは十分に理解できる。未知の世界へ足を踏み入れようとしていて、その先に何が待ち受けているのか、見当もつかなかったのだから。

ポーランドに到着後、私たちは先へ進むための交通手段が整っていることを期待していたが、早速、約束の車がまだ来ていないことが発覚した。悔しかったし、少々、がっかりさせられた。ウクライナのSOCOM（特殊作戦軍）などを訪問し、人と会うことになっていたのだ。誰もが、私の決断を待っていた。

次の行動を考えている時、私たちは偶然、二人のアメリカ人と遭遇した。アメリカ人だとわかったのは、異なる種類の迷彩服を着ていたからだ。スウェーデン人、フィンランド人、ルーマニア人など、他の国籍の者も加わった。ウクライナに行く方法を考えなければならないので、もう時間を無駄にできない。これから、本当の旅が始まろうとしているのだ。

次にどうするかを話し合った。待ち合わせ場所に現れなかった奴らに見捨てられたのだから。いったいどうやって国境まで行けばいいだろう？　情報もなければ、案内役もいないなんて！　本能と、生き残りたいという気持ちから、私たちはとっさに行動した。交通手段は、バスか、電車か。あるいはどんな車でも大丈夫だろうか？　どこを起点にしようか？

話し合いを重ねた末、私たちに声をかけてくれた数人のタクシー運転手に相談した。お金を出し合って、三台分のタクシー代を払うことになった。思い浮かべてみてほしい。十六人近い男たち全員が、ぱんぱんに膨らんだ荷物を持っている。タクシーに乗り込む私たちの姿は、まさに圧巻だった！　私たちは、早速、ポーランドとウクライナの間を走る国境へと向かった。

タクシーを降りると、私たちは自分の荷物を寄せ集めた。メディアは大々的に報道しているし、どこを向いても人道支援団体の人々がいる。混み合っていて、どうしようもなくごたごたとしていた。顔に、カメラが押し付けられる。「お前は誰だ？　外国人兵士か？　自分が何に巻き込まれようとしているか、わかっているのか？」と言われながら。誰かが駆け寄ってきて、顔を隠すようにアドバイスしてくれたので助かった。たとえ、私たちが全員、戦闘で使う装備一式を背負っていたとしても、できるだけさりげなく歩かなければならなかった。どっちを向こうと質問攻めにされそうだったので、ひたすら口を閉ざしていた。

やっとのことで、国境を越える方法を見つけた。人道支援団体の職員が、道路の向かいにあるテントや小屋が立ち並ぶ場所を案内してくれた。別のところからやってきた難民には、水を配っている。見渡す限り、車が国境を行き来していた。開戦直後だからこそ騒がしく、かなりの緊張感があった。群衆の中に親ロシア派がいることはわかっていたし、自分たちは外国人だったから、誰かからの助けは期待できなかった。政府の支援もないから、今は自力で立ち向かうのだ。

一列で並んでいるため、なかなか進まない。かたつむりのようなペースだ。列がようやく動き出した時には、三人で横並びになって兵舎の間を通り抜け、国境を越える道へと進んだ。この部分は予想以上にスムーズに通過できたので、運がよかったんだと思う。国境検問所に着くと、パスポートを渡し、荷物検査へと進む。すべてのチェックが終わると、身振りで先へ進めと指示があり、私たちは出発した……。

この時点で、ウクライナの状況は現実世界のものとは思えなかった。事前に連絡をとった何人かとリヴィウで会うことになっていたが、どうやって行けばいいのか見当もつかない。時間に遅れていたので、さらにぴりぴりした空気だった。

周りを見渡すと、親睦会を取りまとめようとするイギリス人とウクライナ人の部隊を見つけたので、彼らに話しかけてみた。そうするうちに、運転手を見つけた。私たちの隣に停車した、二階建てバスの運転手だ。混雑する中で、場を取り仕切っていた警備員の一人が、運転手を手招きした。警備員が話している運転手はどんな奴で、そいつにどこに連れて行かれるのかわからず、とんでもなく気が張っていた。だが、ありがたいことに、運転手がドアを開けてくれたので、私たちはバスに乗り込んだ。わが部隊が、二階建てバスを独り占めすることになった!

われわれの部隊は、スペイン人一人、アメリカ人二人、そして私を含めたイギリス人などで構成されていた。バスの運転手は優秀で、とても親切だった。しゃべっているうちに、運転手から、外出できるのは夜十時までだと聞かされた。戸惑い、不安が募ってきた。どういうことなんだろう。彼曰く、夜十時以降に路上にいると、警察に逮捕されるらしい。

あたふたする気持ちを抑えながら考えた。どうすればいい?　泊まるところも寝る場所もない。宿もなければ連絡を取れる相手もおらず、夜間外出禁止令を破ろうとしている。苦境に立たされ、不安になった。今、何時だろう、と時計を見る時には、特に不安が増した。すでに午後七時三十分だ。頭の中を渦巻く悩みに対して、答えを出すまでの制限時間は二時間だ。それに、およそ一時間はバスでの旅が続くのだ。

ようやく到着した時には、辺りは真っ暗だった。終点のバスターミナルで、私たちは運転手に別れを告げた。すっかり夜になっており、外を歩いているのがどんな奴なのか、わからない。想像力がたくましく、猜疑心の強い私は、全員、スパイかもしれない、とか、飛び出してきた奴に誘拐されるのではないか、と考えていた。新しい土地で、慣れないことだらけだった。

私たちは、ソ連時代の国家が建てた、古いコンクリート造りの建物に移動することにした。凍てつくような、灰色の建物の中へ入ると、どこもかしこも騒がしかった。ホットドッグの売店からは、嗅ぎ慣れた匂いがして、人々は慌ただしく建物へ出入りし、行き交う軍隊に圧倒された。まるで、映画のワンシーンのような、作り物の世界みたいだ。

現実に戻り、腹ぺこなことに気づいた私たちは、小さなカフェでいくつか注文し、どこで何をするのか、答えを出そうとした。時計の針が、進んでいく……今は午後九時だから、夜間外出禁止令まで、あと一時間しかない。戸惑いを隠せない。これから、どうなっていくのだろう？　私は、ノルマン旅団の仲間に何度か電話した。その直後、幸いにも、数名のボランティアが乗った二台のワゴン車が、間一髪で現れた。カナダ人、それにウクライナの民間人も数人いる。午後九時四十五分、ようやく軍の保護下に置かれた。まもなく夜間外出禁止令が始まるところだったから、助かったな、と言われた。また新たな難関を乗り切れたんだ。この人たちは、救世主だよ！

ワゴン車に荷物を積み込み、三十分ほど車を走らせると見えてきたのが、古い大学の棟としか表現できない、ソ連時代の建築物だった。見渡す限り、大きな建物がひとまとまりになって並んでいたが、その建物の中や周辺には、防御用の土嚢や塹壕があった。私たちは、男の後について建物の中に入り、一人ずつ、パスポートや、持ち物をすべて確認された。私たちはジョージア軍団の司令部にいた。ウクライナ側で戦うジョージア人の部隊で、この大学の校舎に本部を置いていたのだ。

まるで廃墟のような、荒れ果てて冷たくて湿った、古くてかび臭い場所に入った。私たちが使う建物は古びた音楽棟で、気味が悪かった。信じられないほど不気味だった。床にはアコーディオンやタンバリン、ギターが散乱し、数人の軍人を始め、そこにいる人々は段ボール箱や道路地図の上に寝そべっていた。ガスストーブの音やしゃべり声、食事をしようとする人々が延々と雑音を生み出し、かつてはがらんとしていたであろう古い建物に響き渡っていた。食べ物は一切なかったので、到着前に食べておいてよかった!

落ち着いてくると、私はここでアントニーとスワンピーと名乗る男たちに会った。二人は、ジョージア軍団に入ったイギリス人やアメリカ人の世話役をしている。だが、ここに来て数日後、ある問題にぶつかった。それは、自分たちの地位を確立し、武器を手に入れるのは非常に難しいということだ。私たちには武器を支給しないそうだ! 武器なしで私たちを前線に押し出そうとしていたので、私は断固、拒否した。ジョージア軍団の司令官とは一週間ほど意地の張り合いになり、膠着状態に陥った。私たちは部隊の男たちを訓練し、武器を手に入れようとしたが、司令官は拒否する。さらに何度か空襲を受け、苛立ちを募らせた兵士が数人、去っていった。

　このような、閉鎖的で緊迫した状況だと、噂が飛び交う。どこまで本当かはわからなかったが、ある話が広まっていた。それは、ジョージア軍団に二十四時間以内に配備されなければ、背後から撃たれるというものだ。当然のことながら、みんな、怖くてたまらなくなった。ほとんどの者がその話を信じなかったが、恐怖がそこにある以上、それは脱出せよ、という合図だ。私たちは、この建物の中で二週間半を過ごしたが、何も得るものはなかった。待っている価値はない。そこへ大規模な空襲が起こり、私たちの決断を後押しした。

　その後、残っていた兵士たちが階下に降りた時、列から抜け出すチャンスがやってきた。私たちは第一次世界大戦の時から使われていたような塹壕へ駆け込み、暗闇の中でろうそくを灯した。周囲では空襲警報が鳴り響いている。この情景が目に浮かぶのではないだろうか。暗闇の中、ライトが点滅している。私たちは全員、軍服を身につけ、堂々としていた。全員が隣の人と腕を組み、列をなして心を通わせ合った。

　仲間のアンドリューと私は、全員が無事であることを確認した。離脱を決めた数名が救急車に乗せられ、国境へと引き返した。プレッシャーに耐えかね、これはもう自分たちには無理だと判断したのだ。戦場に膝まで浸かっているのだから、それは十分に正当な行為だ。残りのみんなでハリソンを待った。ハリソンは、私たちとつながりのある、優秀な男だ。人道支援に関する諸々を取りまとめている。外国人兵士の管理を一手に引き受け、戦略的なポジションに配置する。とても機知に富んでいて、「とっとと逃げる」ために二台の救急車と別の車、そして商用車のメルセデス・ベンツ・スプリンターのミニバスを一台、手配してくれた。それに、ハリソンは、自分が取りまとめる外国人兵士たちが背後から撃たれるリスクを避けることを第一に考えていた。私たちが、ジョージア軍団から過剰に歓迎されていたことにも気づいていたのだ。

何人かが救急車に乗り込む。私は、英語が堪能なウクライナ人と一緒に別の車に飛び乗り、残りが、すべての荷物や装備とともにミニバスに乗り込んだ。押し合いへし合いしながらドアを閉めた。後列には十人近くが肩を並べた。この重要な局面で、騒々しい連中が邪魔をしようと出てきたので、車に全員が乗り込むと、別のチェックポイントに向かってすばやく安全に車を走らせた。

どこに向かっているのか、見当もつかなかった。最初のチェックポイントに着くと、警官に右手へ連れていかれた。常に、安心安全でいられるように気を配りつつ、左側に停まったミニバスを見ながら「あのミニバスを止めないでいただきたいのですが」とつぶやいた。目を閉じ、再び左側に目をやると、乗っていた男たちを道路脇に集めてパスポートをチェックしている。私は、「どうか彼らを通してくれ。神様、どうか彼らが逮捕されませんように」と祈るばかりだった。次に目に入ったのは、私と同じ車に乗ったウクライナ人の男が祈る姿だった。彼は祈っている。車を停め、私たち全員のために。気が休まる光景とは言えなかった。

警官たちがミニバスの周りを見ているのを、私はためらいがちに眺める。ミニバスの下を覗き込み、パスポートをチェックしている。「どうか、後ろのドアは開けないで」という思いが、山火事の火の手のような速さで私の脳裏を駆け巡った。そう思うやいなや、一人の警官が、ミニバスの後ろに回った。警官が、手を伸ばしてドアを開けたところ……、十人近い、がっしりした外国人兵士が、缶詰の中のイワシのように、肩を寄せ合って立っているのが目に入り、困惑の表情を浮かべた。そして、無言のまま、ただ笑ってドアを閉めた。ミニバスをポン、ポンとたたき、出発させた。私は、ほっとして祈りが通じたことを喜んだ！　私たちはミニバスの後を追い、別の場所に向かった。そこは、家屋のように見えたその場所は、無人の売春宿だった……。

建物の外に車を停めると、男たち全員を三つの小さな部屋に押し込んだ。この先、どうなるのだろうと思いながら、落ち着いて、次の任務の指示を待つ。

三、四日、ここに滞在しているうちに、すぐさま気づいた。当分、家に帰れないのだから、何もしないでじっとしているよりも、人道支援活動に車を使えばいいのではないか、と。ハリソンはこの仕事にふさわしい動きをする男で、倉庫を探し、すぐに支援の方法を複数、見つけてきた。私たち十人ほどは、ハリソンについていくことにした。わが部隊は、二手に分かれることになった。部隊の中には、前線へ突き進んで他の男たちに会いたいと言う者がいたからだ。私はこの決断に確信がもてなかったが、部隊の人数が半分に減ることを受け入れなければならなかった。

私たちは消防署の隣にある古い精神科病院を見つけた。そこに腰を落ち着けるために、建物を何とか買い取ることもできた。ハリソンから資金援助を受けて購入するため、手に入れるまでに数日かかった。私たちはやる気満々で建物内を片付けながら、医療援助物資でいっぱいにしていった。純粋な手仕事だったが、とても楽しい仕事だった。行動を起こせば、私はいつも駆り立てられる。結局のところ、私がすべてをかけてウクライナに来たのはこういう理由からだった。

やがて、私たちは、リヴィウからオデーサの古い学校に援助物資を届けるようになった。ヴィッカという、すばらしい女性に出会えたことは運命だと思った。彼女は、ボランティアとして病院のために特別な仕事をしている。どこからともなく医療品を調達してきた。それに、いろいろな人たちやグループを知っているようだった。私たちを手伝ってくれる、幸運の女神だ。何でも手に入れられて、適切な人たちに連絡を取ってくれる。必要ならばどんなことでも、ヴィッカが答えを教えてくれた。

リヴィウからオデーサまでは、移動に十一時間かかる。援助物資を満載したミニバスと数台の車は、速く走れなかった。だが、私たちは支援の手をさしのべる行動をやめなかった。とてもいい気分だったし、ここでやっと自分が何かを変えられたような気がした。

初めてオデーサに足を踏み入れた時、街の美しさに心を打たれた。建築物、壮大な建物、彫像やガーゴイル、石畳の道、そして純粋な個性。こんなにすばらしい街は見たことがない。

特に印象的だったのは、交差点が入り組んだ、いくぶん珍しい道路が複数走っているのだが、最初に到着した時、その道路には車が一台も走っていなかったことだ。人々は戦火から逃れるために避難しており、人はほとんど残っていない。路面電車の線路を見て、遺物に違いないと思ったのだ。幸いにも私たちには車があったが、もっと大事なのは、何よりも重要とされる公式の青いスタンプが押された書類を一枚、持っていたことだ。これは、移動をしたり、検問所を越えて先へ進んだりする時の許可証になる。この、青いスタンプを押した許可証がなければ、私たちはどこにも行けなかっただろう。

オデーサにある鉄道の駅は、印象的な、立派な佇まいだ。この美しい都市にはすばらしい人たちが住んでいる。私はすぐに、この街が大好きになった。後に、前線にいない時はいつも、私が「戻る」場所となる。休息を取り、気分転換をする時に戻る場所なのだ。時間があると、いつもリゾート地を訪れた。道を歩いていても、この国が戦争中だなんて信じられない。心をとりこにするような、魔法のような魅力があった。右手には美しい海辺が広がり、レストランやバーが並んでいる。リラックスした休暇を過ごすのに理想的な場所だった。ボートに乗れば、現実の恐怖やストレスから解放された。ただ、海辺は現在、採掘され、立ち入り制限されているため、戦場にいるという事実がよみがえってきた。だが戦争中の国で最も「普通」っぽい体験だと思った。

時折、ロケット弾が頭上で飛び交うので、美しい場所にいても戦争の現実を痛感させられる。心配な状況でありながらも、私は、オデーサでたくさんの新しい友達を作った。ヴィッカの「犯罪仲間」であるアレックスもそのうちの一人だ。そこで私たちは家を構え、疲れた頭を休める場所が必要な時はいつもそこに泊まった。この時に見た光景や思い出を振り返ると、深い感動がよみがえり、戻りたいという気持ちでいっぱいになる。

これは、オデーサの人たちが、夏の暑さが和らぎ、過ごしやすくなったので仕事を再開させようと戻ってきた時に抱くのと同じ感情だ。私は、路面電車が動いているのを見て驚いた。オデーサの大きな特徴とも言える、色鮮やかな路面電車があっちからもこっちからもやってくる。その多くが、へこんだり、変色したりしているから、長年走っているのだろう。運賃は安かったな。私は車を持っていたので個人的に利用したことはなかったが、電車が浮いているのを眺めるのは面白かった。レールが曲がっていたり、ねじれていたりしているのに、どうやって電車が路面に張り付いているのか、わかりゃしない。ぶつからないように注意しなきゃいけないことはすぐにわかるのだが。路面電車を避け、反対車線に注意を払わなければならないので、ここで運転するのはなかなか難しかった。路面電車は道路を闊歩する王様であって、たいてい、来るのか来ないのかがわからなかった。

ウクライナでの活動を経済的に支えてくれた友人や家族には、ずっと感謝している。先にも述べたが、私は出発前に数ヵ月働き、約五千ポンドを貯めた。部隊の何人かは、私たちのお金を使って互いに支え合った。戦場に入ると、倹約生活を学んで、必要なものを十分手に入れられた。当初、私たちは住居費や生活費を外部からの資金援助でまかなっていた。だが、戦争がメディアで取り上げられることが少なくなっていき、資金援助は減っていった。何としても前線で任務に就く契約を結ばなくては。そうすれば収入が保証されるからだ。それまでは、単なるボランティアだ。

部隊に寝袋を届けたり、学校に医療品を届けたり、食料を運んだりしたが、長旅でミニバスを酷使するため、故障することが増えてきた。私たちは、手弁当で人道支援を行い、活動資金は人々の援助に頼っていた。前線で部隊に援助物資を配っていた学校の人たちはみんな、深い感謝の気持ちを示してくれた。私たちは、その感謝の気持ちに圧倒されることもあった。

この仕事は、私にとって天職だと信じるようになり、喜びを感じた。喜びの涙やハグ、新たな友達ができて高揚感を味わい、新しい経験を積んでいった。ヴィッカは何でも知っているようだし、理路整然とした考えの持ち主なので、仕事はしやすかった。

ある日、学校に支援物資や装備を届けた時のことだ。支援を受けている数人がまったく筋違いな理由から、私たちにひどく腹を立てていた。女性たちには金切り声で「出て行け」と叫ばれた。すぐに、私たちが武器を持っているという噂が流れていることがわかった。皮肉なことに、この時点で私たちは武器を一つも持っていなかった。SBU（ウクライナ保安庁）の人間がやってきて、武器を突きつけられた。私たちを床に押さえつけると、武器はどこにあるのかと何度も聞かれ、銃を見せろと言われたが、もちろん、武器を持っているはずがない。自動小銃とピストルを頭に突きつけられ、パスポートを要求され、動くな、と命じられた。

学校では、この話で持ちきりになり、当然のことながら、ヴィッカの機嫌を損ねた。ここ数週間、ヴィッカと信頼関係を築いてきた私たちの努力は水の泡になった。これ以上いられるのは困る、ということで、私たちは別の場所へ移ることになった。そのために滞在費が必要となり、銀行へ行ったのだ。

ところが、私たちが正しいことに気づいたヴィッカは動揺し、学校を離れて、私たちに加わることを決めた。自分が窓口となって、人道的活動を続ける手助けをしてくれたのだ。私たちは、ここからの一ヵ月で、ヴィッカがいかになくてはならない存在であるかを実感した。戦争に挑む上で、ウクライナの女性たちがどれほどの大役を果たしているのかを教えてくれたのだ。こうした縁の下の力持ちが何をしているのか、そしてどのようにして男たちを支えようとしているのかを身をもって学んだ。このように、物事の本質を探ることによって心を大きく揺さぶられ、方法を問わず、ウクライナを支援し続けようという意欲を手に入れた。

まだ三月だったんだな！　まだ環境になじめず、不安定だったこの時期、私たちはここ二、三週間の間にあれこれ行動を起こし、やるべきことをいろいろと詰め込んだようだ。人は、目を覚ましている間に、生き延びることと集中することを繰り返していれば、想像以上の達成感を味わえるものだ。

ミニバスが故障したので、修理費を支払う余裕ができるまで、オデーサへ出かけていって人道支援活動をすることができなくなった。事態は急展開し、学校での一悶着の後、急いで安宿を手配しなければならなかった。

私たちと手を組んだヴィッカは、N1という、劇場を病院に改造した建物を見つけてきた。風変わりで奇妙な場所だった。マネキンの脚、チュチュ、そして、仮面が壁にかかっていて、侵攻前には劇場だったんじゃないかな。ダンスホール、舞台の鏡、バーがあり、地下には秘密のバーやパブもあった。この、印象的で薄気味悪い建物は、小部屋が多く四階建ての構成となっていて、巨大な受付もある。部屋の真ん中にはでっかいテーブルがあり、みんなでそのテーブルを囲んで交流した。

私たちは、ここのオーナーであるサーシャという男に会った。彼は、癖のある性格だったが、私たち十人を泊めてくれた親切な人で、次の計画が決まるまで、私たちはヴィッカと一緒にそこに滞在することにした。

この時、私たちはミニバスの修理に取り組んでいた。また、その一方で、民兵を何人か、訓練することを考えた。以前からヴィッカとは話していたのだが、行動を起こすなら今だと思った。彼女は、橋の向こうの海岸線を警備している男女のグループのことを持ち出し、武器の扱い方や操作の仕方を訓練しなきゃならないんじゃないかと訴えた。つまり、彼らは自分たちの村を守るために支援を必要としているのだ。軍事面の支援として、民兵を訓練する、というのが、私がウクライナに出てきた最大の理由だったので、私は、ためらうことなく同意し、民兵の少年たちに話した。すると、六人ほどが訓練に参加したいと言った。自分の手で変化をもたらし、イギリス陸軍の兵士として学んだスキルをようやく再活用できることを実感できるのは、すばらしいことだった。

私たちは、ある取り決めをした。ヴィッカは国境警備隊と警察に話をし、状況を説明した。というのも正式な渡航許可証を持っていなかったからだ。そして、三日間の訓練を計画すると、すぐに民兵が集まっている地域に向かい、訓練を開始したのだ。

三月が終わりに近づくにつれ、私は、ウクライナ行きの決断は正しかったと確信した。とても優秀で、勇敢な人々に出会い、イギリス軍での経験を活かしてウクライナの人々を守り、擁護し、自由のために彼らと全力で戦うようになっていた。

二〇二二年四月

ヴィッカと仲間になれたのは、本当に運がよかった。通訳として、言葉の壁がある私たちを助けてくれたし、地元のコミュニティについて役立つ内部情報を教えてくれた。すばらしい交渉役であり、広い心と、兵士のようなスキルを駆使して、できる限りのことをして助けてくれた。私は、ごく単純な行為が、人の人生に大きな影響を与えることに気づいた。自分が知っていること、やっていることは、すべて当たり前のことだと思いがちだ。私は、兵士として、銃の扱い方や、うまく操作する方法を学んだ。そして今、私はバンド・オブ・ブラザーズの一員として、また、陸軍退役軍人として、救命技術を民兵にやって見せている。ウクライナでは、その他大勢の兵士たちと比べて高度な訓練を受けた兵士だと評価されており、それはとても光栄なことだった。そういうわけで特殊部隊に入ることになった。このような状況で自分の知識や技術を活用するのは、自分の人生に新たな意味を加えることになる。

ヴィッカの「犯罪仲間」であるアレックスは、シェフであり、優秀な人だ。いつも私たちに料理をふるまい、物資を提供し、どこに行けばいいかを助言するなど、この上なく手厚く支援してくれた。もう一人の仲間、ポールもオデーサに住んでいた。私は、オデーサが繁栄し、安定していた黄金時代を象徴する、美しい記念碑のようなホテル「オデーサ・パサージュ」に心をつかまれ、悲哀を感じずにはいられなかった。明るい銀色が印象的な、救世主顕栄大聖堂の塔を始め、どこを向いてもハッとするような建物が目に飛び込んでくる。そこには見事な美術品や装飾品が展示されている。献身的に祈りを捧げに来る人々の様子が、手にとるようにわかるのだ。

ここで暮らす人たちと、この街のことを思うと、胸が張り裂けそうだ。しかし、彼らは希望を持っていた。立ち直り、決断することで前へ進めるし、自由に生きる権利を求めて戦い続けることが、唯一の選択肢だったからだ。

四月二日、私たちは、男女の民兵が寝泊まりする村へと向かうことにした。訓練のプログラムは完成していないが、三日間しかないから、昔ながらの軍事訓練で間に合わせよう。武器の安全な扱い方、村の防衛の仕方、攻撃を阻止する方法、そして医療訓練など、射撃の基本原則を教えようと思った。

計画ができたところで、安心して眠ることができた。朝、目覚めてから、外に出ると、すでに、みんなが外にいることに気づいた。ハッピーバースデーの歌が始まった！　自分の四十歳の誕生日をすっかり忘れていたから、もうびっくりだ！　みんなでケーキを焼いてくれて、しかも村中の人たちが私のために集まってくれていたからもっと驚いたな！　ケーキの上で光るろうそくに釘づけだ。すごいな！　誰がこんなことをできると思う？　こんなパーティーを経験したのは初めてだったし、命がけでウクライナへやってきて、こんなふうにみんなで嬉しい気持ちを分かち合えた。この誕生日のことを、私は死ぬまで忘れないだろう！

このような、心温まる行為に感謝しつつ、われわれはすぐに訓練に戻ることになった。訓練には、座学も含まれる。誰もが熱心に学ぼうとしていた。私は、少しずつ自分の受けた軍事訓練について話したり、部隊の男数人に手伝ってもらったりして進めた。この訓練を取り仕切ったのは私で、ヴィッカが通訳をした。先頭に立ってコミュニケーション役を引き受けてくれたおかげで勇敢な男女への指導が叶ったのだ。彼女が仲間になってくれたことを、とても感謝している。

訓練は次の段階に進み、武器の安全な操作方法、狙いを定めてはいけない場所、自動小銃の手入れの仕方など、実技面の指導を重点的に行った。彼らは、自動小銃の撃ち方を始め、安全を守るために必要な、あらゆる効果的な戦術や行動を学ばなければならない。訓練として、戦術について検討を始めた頃には、夕方になっていた。

ここにいる民兵たちの、仕事への取り組み方に感銘を受けた。こんなの、今までに見たことがない。訓練の内容からして、イギリス陸軍では習得するのに六ヵ月から八ヵ月はかかる。だが、彼らは数時間で身につけた。それは、脅威が目と鼻の先にあり、海岸線まで迫ってきていたため、選択の余地がなかったからだ。私たちがいる場所からロシアの軍艦が見える。長くて疲れる訓練だったが、本当に有意義な一日だった。

訓練が終わると、ろうそくが灯され、彼らはまた、急にハッピーバースデーを歌い始めた。次に、ウクライナの郷土料理のボルシチが出てきた。新鮮なビーツ、牛すね肉、タマネギ、ニンジン、ジャガイモ、キャベツ、ディルを使った赤いスープで、サワークリームをたっぷりかけて食べる。おいしくて、絶品で、これまでに食べたことがなかった。新しい経験をしたり、困難を乗り越えたりすることについて、語り明かそう、という話になった！　当時はアルコールの持ち込みが禁止されていたので、知恵をもつ者は自分たちで酒を造っていた。私たちは何杯か飲み干し、楽しい時間を過ごした。

ウクライナで、記念となる誕生日を経験したことで、私は、ウクライナとウクライナ国民に確かな愛情を抱いた。そして、彼らを助ける決意を固めた。ウクライナの人たちは、私たちのどんな行動にも感謝の気持ちを示してくれた。私は、心の中で、こう思っていた。私がウクライナにいるのは、支援活動をするためであって、難なく実行できているんだ、と。ウクライナの人たちにとっては、生きるか死ぬかの瀬戸際だった。私はいつでも家に帰れるけれど、彼らは戦火に巻き込まれたウクライナで身動きが取れない中、家族と家を守っているのだ。

翌朝はもっと厳しい訓練になるとわかっていたので、お酒を飲んで楽しい夜を過ごした後、帰路についた。翌日は医療訓練に入り、止血帯とFFDの使い方を教えた。救命技術なので、万が一負傷者が出た場合、最寄りの病院に行くまでの時間を稼ぐことができる。この極めて重要な訓練が、医療関係者と支援活動者向けの訓練プログラムの始まりだった。

訓練二日目以降、民兵は、自分たちの村が攻撃されていることに気づいた。ウクライナ人の友人のうち、すでに地元で戦闘を経験している者もいる。さらにこの人は、ヴィッカを手伝って、民間人のための訓練プログラムや訓練場所を手配してくれた。ただ、残念なことに、ある日、事態が深刻になったため、訓練を中断せざるを得なくなった。家族の安否を確認しなければならない人もいて、私たちはその手伝いをした。非常に心配な時期だった。

ヴィッカと私、そしてもう一人、別の仲間が、あるチェックポイントから車で戻る途中のことだ。ヴィッカが運転に集中している時、ふと右側に目をやると、道端で、空を見上げている人たちがいた。空には、煙の跡がついている。その煙が、右に曲がって私たちの車に向かってきているることに気づき、不安になった。時速約百キロメートルで車を走らせていると、ロケット弾が私たちの横をついてきているのに気づいた。自分たちが標的になっているとは思わなかったが、不安になった。

ヴィッカの方を向き、カタコトの英語で言った！「ヴィッカ、ロケット！　ヴィッカ、ロケット弾だ！」彼女は気にするふうでもなかったので、「ヴィッカ、左を見て」と彼女を力強く突き、二発の赤いロケットが今どこにいるのか確認するために後ろを振り向いた。ここで、彼女はフットギアから足を下ろした。すると、私たちから五百メートルほど離れた左側で、爆発が起きているのを目撃した。ドーン！　ドーン！　ドーン！という爆音しか聞こえてこない。

ちょっとしたモーニングコールのようだ。戦争が深刻化していることを示すサインは、もうこれ以上、いらない。

私たちはN1まで車を走らせ、自分たちの荷物を置くと、メモを取りながら部隊で報告会を行った。N1に滞在している間、私たちは、より多くの医療訓練活動を準備し、結局、N1に多くの人たちがやって来た。こうしているところで出会ったのが、アリソン・トンプソンだった。彼女は、救助活動を行う慈善団体「サード・ウェーブ」を設立し、戦争で荒廃した国々で救助活動に当たっている（アリソン・トンプソンのエピソードは第四部参照のこと）。意気投合した私たちは、協力して活動することにした。

私の部隊は他の地域にも赴き、移動病院に医療支援物資を供給したり、医療アシスタントの訓練を行ったりした。アリソンや看護師たちの警護にも当たった。止血帯を使った出血の止め方、頭の傷の包帯の巻き方、榴散弾による傷の対処法など、戦傷医療を教える手伝いもした。

こうしているうちに、私たちはウクライナのオデーサやその周辺をあちこち飛び回り、人命救助の訓練を行った。アリソンは、十日ごとに別の看護師と連れ立って行き来している。部隊のメンバーと私は、日々の活動や、他の訓練の機会を計画することで精一杯だった。私たちは料理をし、あちこちでビールを飲み、計画を立てた。同時に、ロケット弾の攻撃はますます激しくなってきたので、武装したままで行動した。

公式訓練を終えると、N1に戻って風呂に入り、気分転換をした。先ほども述べたが、劇場の階下にはバーがあり、この地域では午後六時に夜間外出禁止令が出されていたため、地元の防衛隊や警察、地域をパトロールする兵士たちが飲食のために訪れた。私は、警察や軍の人間と意識的に話すようにしていたが、当初、私たちは怪しまれていて、何度も踏み込まれたほどだ。自動小銃を持ってやってくることもあり、パスポートを見せろ、と言われたことも三度ある。私たちの頭にライフルを突きつけてきたこともあった。そのうち、彼らと顔なじみになり、友好的な態度に変わっていったのだが。

こうした経験を踏まえ、自分自身や他人を守るための武器で武装するためには、ウクライナ軍と契約して軍の活動に参加し続け、訓練する必要があることに気づいた。四月が終わりに近づいた頃、軍に働きかけ、自分たちがどのように支援できるか、それと同時に、武装して正式な契約を結び、訓練を任せてもらうための信用を得るにはどうしたらいいか、選択肢を探ることにした。とはいえ、そのまま前線に出ることは望んでいなかった。人道支援活動を継続し、前線に備えて徴兵された民兵を、兵士に育てる訓練をしたいと思っていたのだ。私たちはウクライナ人と肩を並べ、自由のために全力で戦うつもりだった。

二〇二二年五月

五月に入り、任務を続けているうちに武器を手に入れ、陸軍との契約を勝ち取った。こうすれば、自分たちの立場を向上させ、村から村へと自由に移動できるようになるからだ。

滞在中のN1から道路を挟んで反対側にある店が、いつもと違う動きをしているのに気づいた。N1の中に小さな踊り場があり、そこでタバコを吸ったり、細い柵の間から通りの様子を見たりすることができる。私たちは、例の店の外でレンガを塗り固めるそぶりをする二人の男を頻繁に見かけた。数日もすると、疑わしい奴らに思えてきた。毎日、通りを行ったり来たりする男たちを見ているうちに、自分が被害妄想に陥っているのかもしれないと思った。

部隊にはそのことを伝え、みんなで目を光らせていた。セキュリティ対策の一環としてドアには鍵をかけ、細心の注意を払っている。どこへ行くにも二人組、ないし四人組になり、常に道路に散らばって、誰かに後をつけられていないか、交替で見張った。誰かに待ち伏せされているかどうか、しばらくそこで確認してから後ろ手にドアを閉めた。

N1は、私たちが全室予約しているのにもかかわらず、利用したいと入ってこようとする人たちがいた。数週間後、この通りから一キロメートル圏内で、十人のスパイが逮捕されたそうだ。そのうちの一人は高官だ。私たちの疑いは的中し、それ以来、監視されていることを知った。

私たちはウクライナ国防軍に所属する旅団に近づいた。そして、われわれが何者で、どういう意図を持っているのかを伝えた。とどのつまり、私がウクライナ行きを決めたのは、ゼレンスキー大統領が、ウクライナの民主的自由のために参戦してほしいと外国人に呼びかけ、門戸を開き、世界中の人々に支援を訴えかけた時からだ。ウクライナ人の都市防衛を支援するに当たって、自分たちの能力や軍事経歴に自信があったので、司令官や数人の高官たちと対面し、要請があれば、速やかにウクライナを守るために必要なあらゆる訓練や人道支援活動を行い、支援する計画について話し合った。その結果、作成された契約書には、「柔軟に対応する」とあり、民兵の訓練を開始すること、という条件が示されていた。それは大変な要求だったが、すでに、徴集兵である民間人にも訓練ができることを示していた。そうとはいえ、なぜ民兵ではなく軍隊の訓練を任せてもらえないのだろうか？

司令官から、「期日は明日まで、二十四時間で三十人の民兵を訓練しろ」と命じられた。ためらうことなくその要求を飲んだ。すると、司令官も少々態度を軟化させ、期限を十日間に延ばしてくれたが、それでもこれはとてつもなく大それた要求だった！

N1に戻ると、部隊で話し合って何が必要かを考えた。ホワイトボードの他は、何もない。深呼吸をして、出発した。

最初はかなり大変だった。翌日、私たちは現地へ行って調査をした。訓練場所である小さな村を、車で約二時間かけて見て回った。小さな山小屋がいくつかあり、見渡す限り、芝生が広がっていた。そこは時が止まったかのようだった。道路には、数台の荷車にロバ、牛、そして「民兵たち」がいた。

最初にやるべきこと、それは訓練する相手を評価することだった。彼らは民兵だ。もともとはパン屋、農民、商店主だった。兵士じゃないんだ！　登らなければならない山があることに気づいた。ここで、六ヵ月に及ぶＮＡＴＯ（北大西洋条約機構）の訓練と同じ価値の内容を説明しなくてはならないのだ。それを、司令官は十日以内でやれ、だと！　私たちは限界まで追い込まれた。愕然とし、限りなく不可能に近い仕事だと訴えた。なのに、どう返されたと思う？　戦いには勝つだけ、以上、だってさ。次の段階に向けて、全力で突き進むしかないってことだ。

私は、イギリス軍での訓練を思い出し、重要なポイントを抜き出した。ありがたいことに、ヴィッカが通訳を引き受けてくれた。われわれは、五人で部隊を組んでおり、訓練相手を三十人と見積もっていたが、面倒を見るのは八十人ほど。そんなばかな！　それが、いつしか人数が増え、最終的には百二十人になった……。プレッシャーを抱えながらも、戦術的な行動、パトロール、射撃、射撃技術の原理、防衛、医療を習得させるのに、十日しかない中で、私たちの軍事訓練が効果を発揮したのは明らかだ。何でもいい、何でもやるしかなかった。がむしゃらにやる時期を迎えていたのだ。

私は教壇に立ち、自己紹介をした。訓練が始まると、最初は言葉の壁で苦労した。だが、こうしたハードルをものともせず、目の前の男たちの学ぶ姿勢に度肝を抜かれた。これほど速く、多くの情報を習得した集団を見たことがない。「精神一到何事か成らざらん」ということわざが頭に浮かぶ。

そのうち、全員が役割を担うようになった。私は教官であり、鬼軍曹でもあった。ヘマをしたら「動け、動け、動け」と叱咤激励するのは非常に効果的だった。彼らに規律を植え付けるためだ。訓練を受けた兵士の経験と、軍事的アプローチが、訓練生の高揚感を高めたのだ。褒め続けると、彼らはついてきた。非戦闘員が兵士として部隊を組み、機能する様子を見るのは感動的だった。

十日間の日程を終えると、何をしてどう攻撃し、どう守るかの指示を受けて動くのではなく、それぞれが自分一人で学んだことを実践していった。このような積極的な反応を見ていると、すばらしくやりがいのある経験ができたことを実感した。訓練を受けていないものの、熱意のある民間人が、規律正しく訓練された民兵へと変貌を遂げる姿を見ることができたのだから。訓練では、外国語を話す教官から多くの情報を吸収しなければならない。だが、彼らはそれをやり遂げ、そのうちの何人かは、後に、私とともに前線に立つことになった。悲しい話だが、帰らぬ人となった者もいた。

時々、自分で自分をつねってみるべきだ。なぜなら、状況がこの上なく不利であっても、自分の限界を超えることはできるのだから。私たちには完璧なプログラムもなく、手探りでやっていたが、とてつもない勇気、経験、そして専門知識があった。自分を信じる力と、自分のことよりも重要な大義名分があれば、信じられないようなことが成し遂げられる。私たちは、苦難に満ちたあの十日間において、独自に組んだプログラムでそれを成し遂げたのだから。

この任務で高い評価を受けたことから、また同じことをやってほしいという要望が増えた。ただ、今回は、自分たちがやっていることをしっかりと把握していたため、やりやすかった。自信をつけた私たちは、民兵を訓練して実戦に臨ませられるようにし、軍事演習では抜きつ抜かれつしながらとてもうまく撃ち合えるようになった。この成果はすぐに司令官たちに伝わり、仕事ぶりは大いにたたえられた。今なら、契約締結を要請し、国防軍の一員となるには絶好の機会だ。

訓練が終わるたびに、私は報告会を開き、軍隊の面々と話し、感謝の気持ちを大々的に示して彼らの気分を高揚させ、再び活力を取り戻せるように後押しした。彼らも私もその時間がお気に入りで、一日の中で、一番いい時間だった。「スラーヴァ・ウクライニ！（ウクライナに栄光あれ！）」と声を上げ、最後には少し絆が深まるのを実感した。その後、部隊の仲間とともにN1に戻り、食事をしたり、くつろいだり、音楽を聴いたり、ダンスをしたり、お酒を飲んだりした。私は、N1のオーナーであるサーシャや彼の友人たちと階下で過ごしたものだ。軍楽隊の演奏を満喫したり、集会場に座っておしゃべりしたり、時には小さなステージで踊ったりしたことも何度かあった。魅力的で、リラックスした心地よい雰囲気が漂い、とても、現実とは思えない時間だったな！

四月から五月にかけて、環境に慣れ始め、ウクライナへ出発した頃にできた友達、そしてウクライナを巡るうちにできた友達と一緒に、新しいことを学んでいた。かなり楽観的で、ウクライナの人々が困っている時には助ける、という自分の運命が、ちょうど目の前にあることに気づき、充実した時間を過ごしていた。新しくできた友達は、ほんの少し会っただけ、という人もいるけれど、ほとんどの人とは今でも話す仲だし、ウクライナの人々が大好きになり、自分の居場所を確認することができた。自分があるべき姿になり、好きなことをして過ごし、自由のために、全力で民主主義を守っていたのだ。

二〇二二年六〜七月

六月と七月は、時間を区切らず、ひとまとまりとして捉えることとする。司令官は状況報告の中で、私たちが国防軍に加われるだろうとほのめかした。この契約は、六月上旬頃に成立。最終的には領土防衛部隊第百二十六独立旅団とともに前線に攻め込んだ。私たちは、車六台で前線へ向かった。通常の軍用車両ではなく、一般車両だったので、非現実感が半端ない体験となった。疾走し、方向指示器を点滅させ、他の車が停まっている中、私たちは車を走らせる。赤信号もお構いなしで走っていたが、それが当たり前に思えてきて、胸が高鳴った。結局、安全な幹線道路から離れ、オフロードを通って前線に向かった。

埃っぽい地を進みながら、かつては賑やかだった村や町が今は壊滅し、廃墟になっているのを見て、私たちは、やらなくてもいい、いかれた戦争のど真ん中にいることを実感した。田園地帯の並木道を、猛スピードで走っていく。季節は夏になり、回転するタイヤで埃が巻き上がった。ウクライナの人たちは、経験上、どこからともなく現れたロシア人に、車列などお構いなしにいきなり標的にされることを知っていたので、ゆっくり進む選択肢はなかったのだ。みんな、無言だったが、アドレナリンが体中からわき出ているのを感じた。幸いにも、この時点では何も起こらなかった。

ようやく、目的地の村に到着した。村人たちは、前線に立っている。それは、比較的小さく、狭い道路が伸びていて、その先には工場があった。「いいか。ここが君たちの居場所だ」と司令官は私たちに向かって言った。驚いたな。小さな山小屋っぽい平屋の住宅で、私道がついている。村には肉屋とガソリンスタンドがある。ここで待機して戦線を守るよう指示が出され、しかも武器を支給してもらえた。食べ物ももらえて不自由なく過ごせた。

私たちは、この小さな家を自分たちの居場所にしなければならなかった。防衛体制を築き、強化する。土嚢袋を敷き詰め、窓が安全であることを確認し、この小さな室内にベッドスペースを設けた。各自が自分の小さな「巣」を作れば、そこで快適に過ごせる。私は、窓のそばの床に寝袋を敷き、すべての荷物を、壁に打ち付けられた釘に吊るしておいた。安全を守るには、常に荷物を整頓した状態にして、準備万端にしておかなければならない。すぐに撤退しなければならない場合には、特にそうだ。指揮官の許可を待ちながら、全員がハラハラしながらただ前線を守っていた。

何かが起こるのではないかと、警戒しすぎるほど警戒していた時期だった。一日のうちに起こるのは、一時的な火災と迫撃砲による砲撃だけ。私たちは、そのど真ん中にいた。毎日、迫撃砲や、大砲の砲弾が頭上を通過する音が聞こえてきていた。その音は、円を描くような動きで、ボン、ボン、ボンと鳴る。しかも、頭上では雷鳴が轟くような音と、ビューンという音がするから、ウクライナ軍の大砲がどの音なのかがわかるのだ。それが、逆方向から飛んできた時には不安が募る。敵がこちらの大砲を狙ってくること、迫撃砲が自分の背後のどこかに設置されていることはわかっている。だが、この迫撃砲の精度は、ほとんどあてにならない。

家屋の敷地内や周辺に、大砲や迫撃砲の砲弾が着弾することもあった。私たちにはどうすることもできなかったので、希望をもち、祈りを捧げた。この状況は二週間ほど続き、ようやく、自分たちは、そこに座って何かが起こるのを待つだけで、それ以外に何の任務も与えられていないことに気づいた。そんなの、耐えられなかった。カモにされるために契約したんじゃない。だから、その場を離れることにした。私たちは砲兵隊でも迫撃砲隊でもなく、歩兵隊なのだから。そこに座って様子を見守るように指示が出ていたが、そこで一撃を待っていても、たいした任務を果たせないことに気づいたのだ。

われわれの軍事技術や経験を活用できないせいで余計にイライラし、これではウクライナを防衛できていないことを実感した。こちらは、部隊を訓練するという取引条件を守ったのに、現在の情勢に見合わない部隊に配属され、私たちができることは何一つなかったのだ。戦車が来るかもしれないので、私たちは「念のため」そこにいた。彼らの警備をしたようなものだったが、契約内容にそぐわなかったので、旅団長に話し、配属が状況にふさわしいものではないと伝えた。私たちは前線で働くために契約したのだ。しかも、歩兵部隊であり、特殊部隊であり、移動し、戦略的に防衛するよう訓練を受けていたのだ。

われわれの技術や、必要とされる人員が、自分たちの利益やウクライナの非戦闘員のために、ひいてはウクライナ軍のために使われずに放置されているという結論に至り、自分たちの信念を貫くことにした。結果的に、その地域からの退去を要請した。自分たちの状況をあらためて評価し、より効果的な配備を願い出る時だと思ったのだ。この時点で、旅団長の同意は得られていたため、ようやく撤退した。これ以上時間を無駄にすることなく、私たちは車でリヴィウに戻った。

部隊のメンバーの一人が、本業のために離脱することになり、暗雲が立ちこめた。私たちに別れを告げずに立ち去り、その上、非合法な道具を持ち去った。自らに問いかけてみる。「さあ、これからどうしようか？　次は、どう動く？　これからどうするつもり？」と。戸惑い、疑問、不満だらけだ。

しばし悩んだ末、私たちは、次の段階に進むため、部隊を訓練することにした。そうすることで、新たな立ち位置が見えてきた。この決断を下したことで、オデーサに戻って必要な休息をとる時間が確保でき、生活のバランスを取り戻すことができた。自分たちのために、少し時間が必要だったのだ。ここで、私たちは立て直し、考え直すことができた。

せっかくすばらしく美しい都市にいるのだから、ここで暮らしたら何を手に入れられるのか、探してみようか。ウクライナに到着して以来、ほぼ休みなく働きづめだったので、今は、あちこちを見て回る絶好の機会だった。休みなく人道支援活動を行い、部隊を鍛え、医療スタッフの訓練をしてきたのだ。サード・ウェーブと協力し、警護役としてアリソンを支え、医療訓練を手伝うなど、できる限りのことをしてきた。私たちには、休息と、部隊の再編成が必要だと考え、全員の同意を得て、必要な時間を取った。二週間ほどの休みを、休息と体力の回復にあてたが、心のど真ん中には、常に兵士としての心構えがあるので、休み中も、兵士数人の訓練を何とかやり遂げたよ！

ある時、リゾート地の正面にある、高層の宿泊施設（短期滞在を目的とした貸部屋）を予約した。爆撃のせいで利用者がおらず、値段が上がっていた。だが、そのおかげで、短い休暇のために借りるのも簡単だった。ある日、友人とビールを飲みながらくつろいでいた時のこと。ふと、外を見ようとした。兵士として訓練を積んだ私の耳には、ダダ、ダダ、ダダという音しか聞こえてこない。対空機関銃の射撃音だ。

空を見ると、射撃の痕跡だけが見て取れた。どこに向けて撃ったのか。不思議でならない。二キロメートルほど離れた辺りで、水しぶきを捉えた。一、二、三、四、五としぶきを数えていると、煙が上がった。小さなキノコ雲ができ、すぐさま、市内に煙が充満した。

攻撃対象は、企業だけでなく、一般市民にも及んだ。巨大な爆弾が爆発し、大きなロケット弾が都市の中心部を襲った。私がそちらへ向かったのは、そこが、部隊の訓練地一帯だったからだ。この筋書きは、一から十まで、極めて衝撃的だった。ロシア軍が都市を攻撃するのを見ているなんて、耐えられなかった。ロケット弾が発射されるのは何度も見たことがあるが、高層ビルからその様子を見下ろし、下にいる人たちが攻撃されているのを知りながらその一部始終を傍観するのは、恐ろしいほどにぞっとするものだった。

兵士である私は、この攻撃が、戦争ではなく戦争犯罪だとわかっていた。ロシア軍は、明らかに、意図的に、民間人を標的にしていた。民間人は、軍隊に属していない。陸軍の施設がやられているわけでもない。激しい怒りが、血管を駆け巡るのを感じた。この残虐行為を目の当たりにして、人間として、不信感と苛立ちで体中に震えが走った。

今になって、リラックスするなんてことは頭の片隅にも浮かばなかった。自分は外国人だから前線から離れられるが、ウクライナの人々は、日常生活の一部として、毎日、この戦争に向き合わなければならない、ということだけを考えていた。少し気を楽にして、ゆったりと過ごしていても、ここではまだ戦争が続いていることに気づかされる。そして、そもそも自分がウクライナにいる理由を思い出し、前線に立ち続けることがいかに重要かを痛感した。

私たちは今後の契約に備え、時間が経つのを忍耐強く待つことを学んだ。ウクライナは、官僚主義が色濃く残っているので、手続きに時間がかかる。青いスタンプが押されていなければ、それは公式なものではない。すべてのものに、青いスタンプがなければならないのだ。

一方、契約書をチェックしていると、戦争に関するニュースや関心が薄れていっている気がした。特にイギリスでは、私たちが受け取っていた資金の多くがストップしていた。その結果、所持金も資金援助もない状態で、何とかしのいでいた。ただ、まだ支払っていない家賃が残っていたので、できるだけ早く契約を結びたいと願っていた。

六月は、イライラしながら過ごした。何も動いていないようだ。二ヵ月待って、ようやく契約書が届いた。前進なくして満足できず。たとえ、足止めされた状態で訓練をしたところで、気持ちが満たされるわけではない。

ようやく、前線での任務の通知が届いた。私を含め、五人はまだ契約を結んでいなかったが、チャンスに飛びついた。「やってみよう！」と声に出した。前進したかったし、人道支援活動を続けるために残った人たちに、そのまま残っていてほしいと思っていた。結局、私たちは数ヵ月前からまさにこの瞬間のために、精神的にも肉体的にも準備をしていたのだ。

六月と七月はあっという間に流れていき、今日が何日なのかがぱっと出てこないくらい、生き残ること、護衛をすること、そして行動を起こすことを繰り返す日々だった。

特殊部隊として活動をしていない時、何の契約も結んでいない時は、非公式の任務に就いていることが多かった。私たちはSR（特殊偵察隊）として、敵陣の背後に回り込んで隠密行動をしていたが、公式な記録はなく、証言になるのは、自分と、部隊のメンバーの発言だけだ。

自分が前線にいることを実感すると、複雑な気持ちになる。すべての訓練がついに実を結ぶのだと思うと興奮するが、この先に何が待ち受けているのかわからず、慣れないせいで不安になる。すでに団結した仲間と部隊を組めることは、ツイている。なぜなら、お互いのことや、直面している状況を理解し合える仲間意識を確立できているからだ。

ＲＰＧ、手榴弾、グレネードランチャー、機関銃、自動小銃、ピストルを持って前線に向かえという指示が出た。通常の武器だけでなく、「ジャベリン」も運よく手に入れられた。ジャベリンは、ウクライナ全土の戦場で戦うに当たって高い効果を発揮する武器の一つとされ、使用に当たっては高度な技術を必要とする。また、「究極の戦車キラー」として有名な、ＮＬＡＷ（次世代軽戦車兵器）も手に入った。道具をすっかり積み込み、任務の準備が整った。

この任務では、私を含めた五人が正式にウクライナ軍に所属した。危険と隣り合わせの任務であることはわかった上で準備をし、車で前線へ向かうことになった。

ついに、移動せよという合図が出た。準備が何よりも大事だ。ゴーサインが出たら、すぐに行動に移さなければならない。今は、アドレナリンが血管を駆け巡るのが感じられる。訓練のおかげでたやすく動けるし、さらに重要なのは、迅速に進めることだ。みんなで四輪駆動車に飛び込み、前線へと向かった。わが部隊は運がよくて、ありがたいなと思った。なぜなら、この車は友人の紹介で買ったもので、当初は、車を完全に動くようにすることも仕事の一部だったからだ。

私たちはスピードを上げて国内を横断し、凹凸のある道をいくつも越え、左右に蛇行しながら進んでいった。このように、速度を上げて運転すれば、大量の埃が巻き上がって視界が遮られ、運転手に危険が増すという欠点がある。ただ、そのおかげで私たちの身は安全だった。というのも、ロシア軍の大砲隊列の後方にある、広々とした敷地を疾走しながらも、私たちの姿はほとんど砂塵に隠れていたからだ。同時に、爆発が四方八方で起こった。ロシア軍が、私たちの周囲の環境を破壊しようとしているのだ。何もかもが電光石火の勢いで起こっている。すさまじい速さで、ジェットコースターに乗っているような、アクション映画のワンシーンのようなスピード感だ。段差や深い穴ぼこを越えようとすると、車はふわりと宙に浮く。すべての荷物や機材がガタンガタンと音を立て、右に左に振り回され、ある意味、まともじゃなかった。

もちろん、全員が緊張していた。ロシアに対する唯一の防衛手段である荷物や機材に不具合が起きていないか確認しようとしながら、前線に立つ私たちは、安全に到着できることを心から望み、戦いに備えた。

一部始終が、かなり刺激的だった。私は、現実世界の戦場のど真ん中にいることを、常に自分に言い聞かせなければならなかった。これは、テレビゲームの中の「コール・オブ・デューティ」じゃないんだ。穴や溝がたくさんあいている、最も大きな舗装駐車場に着くまで、流れに乗って進もうと思った。道路には、ロシア軍がわれわれの前にせり出してきたことを示す証拠が散乱していた。周囲を見ると、ロシア軍の陣地だった場所があちこち破壊されている。巨大な、とんでもない大きさのへこみがあった。ロシア軍が、要塞へ急いで撤退しなければならなかった空気が見て取れる。

どのくらいの時間がかかったのかはわからないが、ようやく、並木に到着した時は嬉しかった。隠れ家や住まいを用意してもらえるからだ。ドローンに見つかるとまずいから、すべての荷物や機材を持って、できるだけすばやく並木の中に飛び込んでいった。その上で、周囲に目を光らせる必要があった。

パトロールでは、ウクライナ軍と組んで、ロシア軍がいる外側に体を向けて陣取った。ロシアの戦車とその位置が確認できた。およそ二、三キロメートル先だ。どうやら、その位置だと、OP（監視所）のある要塞のようだ。

暗闇が訪れ、私たちは、他の二つのウクライナ人部隊と合流し、灌漑用水路で暗闇に身を隠しながらパトロールを行った。パトロールでは、十メートルくらいの間隔をとりながら一列になり、特定の場所に向かっていた。それと同時に、戦車が停まり、われわれをめがけて砲撃してきた。しばらくの間、一ヵ所にとどまって私たちを挑発し、威嚇し続けた。そして時折、私たちに偽りの安堵感を与えようとして、戦車は引き下がっていく。

任務は、地雷や対戦車戦線を排除することだったが、ロシア軍に見つかりやすいので、暗闇に身を潜める必要があった。多くの機材を運びながら、すばやく、正確に動くことが重視された。三十キログラムの機材を背負い、ペースを上げて走るのは簡単なことではない。前方には対戦車兵と工兵がいて、私たちは後方で彼らを援護していた。つまり、彼らを守っていたことになる。

パトロールには信頼関係が必要であることは間違いない。身振り手振り、そして沈黙を読まなければならない。先に立つウクライナ人に従っていたので、労力を要した。長々と続く芝生を突き進んでいくうちに、脚に負担がかかってくる。こういう時、新兵時代に耐えた過酷な肉体訓練にはどういう意味があったのかを思い知る。当時、訓練をしてくれた人たちには、感謝しきりだ。

過去の経験がなければ、今が、より過酷に感じられただろうから。
コンクリートのくぼみの穴をかわし、死角にとどまろうとしながら、訓練で練習した、戦術の記憶が脳裏をよぎる。時々、敵から光源を得て、その硫黄色の光で地面が照らされると、敵がこちらに向かって散発的な射撃を開始する時の視界が見えてくる。光が上向きになると、そのたびにこちらは心臓をバクバクさせながら地面に体を投げ出し、防御策をとった。

暗闇のせいで、背後から聞こえる数発の機銃掃射の音がさらに轟きを増しているようだった。ダダダダダダダダダ。私たちはみんな、自分の仲間が標的にならないことを願い、祈った。敵がそばにいることはわかっていたが、相手には完全に見つかっていないと信じるしかなかった。おそらく、奴らは動物なのか敵なのかわからないものの、動きを察知したかもしれない。私たちと同じように、アドレナリンが出まくっていたに違いない。夜になると、目が錯覚を起こしたり、思い違いをしたりするから、相手も間違いなく怯えていたはずだ。私たちはシャムリー（照明弾の一種で、厳密にはイルミネーション・フレア、軍関係者はシャムリーと呼ぶ。歩兵部隊が、約一キロメートル四方の戦闘区域を照らし、交戦中の敵をあぶり出す目的で使用される）が消えるのを待ち、さらに、もう二、三分待つ。そうすれば、こちらもまた立て直せるだろう。そして何事もなかったかのようにパトロールを続けるのだ。

こうした攻撃は頻繁に起こり、幸いにも彼らは私たちを見落としたが、次の行動をとりあえず考えるにしても、あまりにも距離が近すぎた。彼らに見られていることはわかっていたので、もう少し待った。私の思考は暴走し、自分が死ぬことしか考えられなかった。だが、ロシア軍は戦車や即応部隊を呼んでわれわれを探し出し、破滅に追い込むことはしなかった。

もう安全だ、と考えた私たちは、自分の担当区域までパトロールを続けた。その場で私たちは全方位防御を敷き、ウクライナの工兵が前進するのを待った。

工兵は、二、三十分で、十個の地雷を撤去しなければならない。彼らは前進したものの、十個すべてを処理するには危険すぎるので、何とか六個をやっつけ、十分も経たないうちに、反対側から撤退した。私たちは次々に数えていった。「一、二、三、四、五」と数えていき、最後に出てきたウクライナ兵が「自分が最後だ!」と言ったので、動くのは今だと悟った。

任務は無事に完了した。さっさとパトロールをすませると、元いた場所に戻り、そこで夜を明かした。

朝、私たちはキャンプに戻り、ほっとした。死者や負傷者を一人も出すことなく、任務完了できたことがわかり、なおのこと安心した。この結果によって、部隊全体のマインドセットを強化することができた。

しばらくして、私たちが遭遇した戦車が損傷し、おそらくロシア軍が破壊したことを知った。われわれを攻撃した証拠をすべて消し去ること、それが彼らの戦略だったわけだ。

前線に向かって進んでいると、多くの村やその周辺で捨てられて、食べ物もなく、ノミやダニだらけになった野良犬を発見した。動物好きの私は、子どもの頃に感じたペットの力を思い出し、動物たちが苦しむ姿をぼーっと見ているわけにはいかないと思った。仲間内にも、犬好きが何人かいたので、数匹を助け出すことにした。餌を与え、体を洗ってやり、保護してやると、愛おしくなってきた！　一匹を、ウクライナ南部の都市オデーサにちなんでオデ、もう一匹を、同じくウクライナ南部の都市ムィコラーイウにちなんでムィッキと名付けた。一匹は、でっかいグリズリー犬だった。ふさふさの毛から、十三匹のダニを取り除いてやったんだ！

絶え間ない爆撃に、犬が怯えている姿を目の当たりにし、落胆した。犬の目には悲しみの色が浮かび、長い間、人と触れ合わずに寂しさを感じていたことが伝わってきた。今まで見てきた中で、最も痛ましい光景だ。

お湯を沸かして古びた浴槽に張り、かびっぽいが質のよい消毒液で犬の体を洗ってやった。そこへ、人気のある犬の散歩アプリの開発者から声がかかった。

このアプリを立ち上げたのは、イギリス元陸軍司令官のソニー・D・ソニーで、私は、かつて何年も彼とライフルズ（イギリス陸軍の歩兵連隊のこと）で働いてきたし、陸軍の別の歩兵中隊では、一緒に駐留した仲だ。ソニーは、私がＦａｃｅＢｏｏｋに投稿した、犬たちの絶望的な状況についての記事を読み、より多くの人から注目してもらうために、自分のソーシャルメディアを使って私を支援してくれたのだ。

ウクライナで、犬を避難させて、何か特別なことをしようと計画を立て始めた。人道支援だけでなく、訓練だけでなく、戦線を守るだけでなく、犬が満足に暮らせるようにしたい。逆に、犬を助けることで自分たちも幸せになれる。この仕事によって、朝、起きる理由がもう一つ見つかった。犬からたくさんの愛情を受け取ったし、心をとりこにされたが、悲しみがにじんだ彼らの目を見ていたら、魂をすっかりやられてしまった。結局、犬の救出と避難は、訓練の手伝いをしているカナダ人の男性に託すことになった。彼は、軍と契約しているわけでも戦闘に参加しているわけでもない。その後、彼は、犬数匹を、うまく戦場から脱出させることに成功した。

犬たちの世話をしているうちに、何か有意義なことをしようという気になった。ただただ、ベッドに横になっているだけの時もあったからだ。先にも述べた通り、遠くから迫撃砲の音が聞こえてくる。そうすると、陸軍で訓練していた時のように、その音を、数えることになる。ドーン、ドーン、ドーン。そのうち、もっと大音量になる。ドドーン、ドドーン、ドドーン。誰も近寄らなかったことを、神に感謝する。

体を横たえる時、次の迫撃砲は自分たちの居場所に着弾すると思うことがあった。そうなりかけたことも、多々ある。敵軍が、今、この瞬間には私たちのいる幸運な星の上に着陸しなかったことに、感謝を捧げる。そして、ドーン、ドーン、ドーンという音が消えると、背後からひどい銃声が聞こえてきた。その音に、全員が震え上がる。すぐ後ろだったから、驚いて飛び上がった。そこへ、頭上から口笛が聞こえてきた。ただ、それが敵側からではなく、こちら側からの音だったとわかる。かなり救われたな。もちろん、これが何時間も続くことだってある。

座ったまま、一日が終わるのを待っているわけにはいかないと思うようになった。一日中、そうやっていても、何も片付くことはないからだ。それで、全員で毎日の家事をこなした。洗濯をし、服をきれいにして、食事を作った。スペシャルメニューを用意することもあった。騒音が周囲に響き渡る中、パスタやトマトソースに加えるソーセージを調理していたな。タバコを吸ってから、犬の体を洗ってやり、餌をやる。武器は、いつも事前に準備し、バッテリーは、必要な時にすぐに使えるようにしていた。もちろん、歯磨きも欠かさなかった！

日常生活を送っていたが、周囲では左でも右でも真ん中でも、砲撃が続いていた。私たちは、冗談を言って笑い飛ばそうとする段階へとコマを進めた。だって、他に何もできないのだから。兵士として何もできないのなら、身を潜め、何も落ちてこないことを祈るしかない。兵士にとって、こういうのは一番まずいことだ。IEDを発見できることもある。地雷を解除し、回避することができる。敵の動きに反応し、戦車をかわすことができる。でも、大砲が降ってきたら、出たとこ勝負で何とかするしかない。自分の身に降りかからないことを祈る。ただ、降りかかってしまったら、かなりひどいことになる。飛んでくる破片に当たることもあれば、基本波や熱波で死ぬことはなくても、聴力を失ってしまう。六回撃たれたら、その衝撃で頭はくらくらする。

ウクライナの状況があっという間に変わってしまったことを、私は決して忘れない。戦争が、至るところで混乱をもたらし、異常な空気を充満させると、時の流れは簡単にめちゃくちゃになる。人道支援や犬の救助活動をしていたけれど、次の瞬間、気づけば戦場に飛び込み、全力で、自由のために戦っている、ということになるのだ。

二〇二二年八月　ウクライナで芽生えた愛

あなたは、運命を信じるだろうか。私は、信じる。つらい時に、思いがけずいいことが起こることもあるものだ。

軍隊経験のない非戦闘員が、自分から役割を求めて入隊して兵士になった場合、問題になるのは軍の規律も身についておらず、バンド・オブ・ブラザーズという考え方も定着していないことだ。彼らにとっては、今の状況から得られるものを重視するため、葛藤し、負担に思うわけだ。もちろん、しばらくすると、自分たちが戦力であることを証明する非戦闘員もいて、部隊としてまとまるかもしれない。だが、それはほんの一部だ。多くは、足手まといとなり、口論になるなど問題を起こしたり、利己的な態度を露わにしたりして、部隊の安全性が脅かされ、大義を支えられなくなる。

特殊部隊に入る前に、休息したことを思い出す。さまざまな経歴の男たちが交じっていて、積極性に欠ける者もいたので、無駄な議論が発生し、先にも言った通り、部隊での活動に不可欠な、まとまる力がなくなってしまった。部隊に社会不適合者がいる場合、職業軍人とそうでない者が交じった状態の部隊を率いることで問題が発生する。つまり、何が言いたいかというと、彼らは、戦闘に意欲がないわけではないが、規律を無視した理屈っぽいやり方をとってしまうということだ。ウクライナ人の多くが文民であり、軍にいたのはほんのわずかな期間だったため（ウクライナでは二〇一四年に徴兵制度が復活。それに伴い、十八～二十七歳のウクライナ国民に、十二ヵ月～十八ヵ月の期限付きで徴兵が実施されたことを示している）、困難を極めた。

私は、リーダーとして、安全を維持しつつ、成功に必要なことをざっくりと説明し、兵士たち全員に、もう一度チャンスを与える、とはっきりと伝えた。それには、期限を決めなくてはならない。もう、子どもじみた口げんかは終わりにして、協力してやっていくために必要な時間を設けたのだ。悩みの種だったのは、ウクライナ人からは専門家として尊敬され、彼らの大義を支持していたが、それがだんだん窮屈になってきたことだ。ここでの舵取りは限界だと思い、立ち去るべきだと決意した。

この決断を下すのは簡単ではなかった。なぜなら、自分たちを置き去りにして立ち去るなんてちょっと冷酷なんじゃないか、と私に対して批判的な感情を抱く者もいて、そのことが多くの問題を引き起こしたからだ。みんながっかりした表情で思い悩み、ある男は不満を募らせ、お前を貶めてやると言い放った。それが、恨みと失望をあおり、私が率いた部隊は大いに荒れた。憤りは沸点に達し、部隊指揮官たちは、名誉毀損などを理由に、私と話をしようともしなかった。このような個人的な名誉毀損は、私が築き上げてきたものを何もかも崩壊させていく、とんでもないものだ。

私を罠にはめたのは、この部隊の比較的新しいメンバーのはず。そいつが、信頼の置ける私の友達数人に対して、私に反抗するよう言いくるめたのだろう。

およそ四週間、私は、ムィコラーイウの司令官とコミュニケーションを取ろうとしたけれど、私や、私の同僚と話すのを避けていることに気づいた。そこで、私は契約を破棄し、別々の道を歩むことにした。

ここ最近の煩わしい状況から逃れるために、オデーサでちょっと休みを取ることにした。休んだことによって、リヴィウに残してきたものを振り返る時間ができた。

ある夏の日のこと、休暇中だったが、いつものように軍服を着ていた時のことだった。私は楽しみながら、ぶらぶらと店を見て回っていた。サロン形式の店を見つけ、この店に入ろうと思った。店内には、カウンターの向こうにかわいらしい女の子がいた。親しみやすい雰囲気があったので、まずは、商品に興味があるふりをしながら、店内をうろうろしていた。彼女に近づくなら、今しかない。勇気を振り絞ってカウンターに向かったが、彼女は慌てふためき、びっくりしているような、たぶん、少し怖がっているような感じだった。やや訛った英語を話す、変てこな軍服野郎に見えただろう。私は躍起になり、ここで諦めるべきじゃないと思った。彼女を不安にさせることなく、いい人に見られたいと思ったので、とるに足らないことを話し始めた。

おしゃべりを続け、買い物を終えた後、彼女に電話番号を尋ねた。自分勝手に、ウクライナ人女性に電話番号を聞くもんじゃないんだけどな！

相手に気に入られていれば、電話番号じゃなくて、Ｉｎｓｔａｇｒａｍのアカウントを教えるよ、って言ってくるだろう。ああ、われわれは、何て近代的な、デジタルの世界に生きているのだろう！　運がよければ、相手の電話番号がＩｎｓｔａｇｒａｍのアカウントに含まれていることに、すぐ気づけるのだけど。彼女がウクライナ語とロシア語を織り交ぜながら、つたない英語で話していたのも気まずかったな。

前線に出発した時、彼女のＩｎｓｔａｇｒａｍのページを見つけられなかった。彼女の名前の綴りはキリル文字だったのに、私はアルファベットで入力しようとしていたのだ。だから、Ｉｎｓｔａｇｒａｍでメッセージのやりとりはできなかった。後から気づいたことだが、彼女は、私がわざと無視していると思い込んでイラついていたみたいだ！

前線での任務を終え、私はオデーサに戻り、例の店へ行った。彼女がまたそこにいればいいなと思いながら。嬉しいことに、記憶の中の彼女より、実際の彼女はもっと美しかった。跪いて、英語で謝り、説明をしようとしたら、彼女はもう一度チャンスをくれたんだ。

その瞬間から、私たちは電話でどんどん話すようになり、あっという間に私にとって彼女は頼りになる人、心強い味方になった。彼女には、何でも話せた。判断力なんて必要なかった。ほどなくして、二人でビデオ通話を始め、前線での任務で空き時間ができると、彼女に電話をかけた。あの長くて、孤独で、不愉快きわまりない日々の中で、彼女の存在は、私にとって一筋の光と希望になった。

ヘレンとの出会いは、運命だったんだ！

ヘレンとしばらく過ごしているうちに、次の段階へコマを進める時が来た。私は、今の部隊を去り、別のバンド・オブ・ブラザーズを探していたのだ。

情報収集のために偵察任務に駆り出されたことは忘れやしない。この特別の任務は、敵陣と頻繁に関わりをもつ小部隊が行った。私たち三人、ウクライナ人三人、選ばれたのはわずか六人だった。敵のかなりそばまで近づくのだから少人数であることは絶対不可欠だ。このような小部隊に必要な条件とは、危険な状態からさっさと抜け出せること。ほとんどの場合、援護を受けられないからだ。

次に、ロシア軍を目標の場所まで引き下がらせることが決まった。われわれの任務は、敵がもつ戦闘力の質と量を明確にすること。数キロメートル進んだところで、私たちは、車から並木へ飛び降りた。ロシア軍に見つからないように、逃げたり隠れたりしていた時とは違う。今回は、極めて危険な任務だった。地雷が至るところにあったため、細心の注意が必要だったのだ。だが、軍事訓練で培った目で、地雷のありかはすぐにわかった。対戦車地雷と対人地雷があったため、並木に張り付くしかない。幸運にも、この通路はウクライナ人が作ったもので、何度も行き交っていた。絶対に安全な道だという安心感があった。

このような任務では、対戦車兵器、ライフル、暗視ゴーグルなど、適切な装備があることが、ものすごく心強い役目を果たす。目標は、ＯＰで敵軍と遭遇すること。到着後、敵軍の情報をこの目で収集するつもりだった。まばらに生えた木々の間をパトロールしていて、右に目をやると、戦いが何度か繰り返されるうちに草が焼け落ちた場所があった。独特の煙臭さが漂っていた。

コンクリート製の灌漑用水路に沿って歩いていて、隙間部分にさしかかるたびに、前のめりに飛び出さなければならなかった。なぜなら、私たちは立場的に攻撃を受けやすかったからだ。ロシア人の目に、私たちのわかりやすいシルエットが映し出されていた。まずは、灌漑用水路を使っていることが敵にばれるのは嫌だったので、隠れていることにした。予定通り、休憩を取りつつ一時間ほどパトロールをした。ある時点で左に曲がり、並木の先へと通常のパトロールを続けた。OPに到着すると、キャンプを張り、日常の任務を開始した。だが、私たちが横になれる場所はどこにもなかった。というのも、すでにそこにいた連中が塹壕のある場所をまるごと占領していたからだ。仕方がないので、監視ローテーションを組んだ。一人が監視をし、その間、他の者は休む、といった具合だ。一人で一時間、監視のローテーションを続ける。私たちは六人で、総当たりで対応した。

不運にも、夕方になってゲリラ豪雨が発生し、私たちはぬかるんだ地面で立ち往生した。しばらくして、すっかりずぶ濡れになってしまい、身を隠して監視しようと思った。狭い場所だが、男二人が穴に入るには十分、ゆとりがある。私は、ポンチョを着て、外で見張りをすることにした。ある時間になると、騒がしくなった。遠くにある並木沿いを登っていく人影が二つ、かすかに見えた。私は数人に電話して、みんなで夜間照準器を確認した。照準器からは、望遠鏡の視界が広がっている。

次に、ギリースーツ（狙撃兵が着る、メッシュ地に草木を貼り付け、風景にとけこむように工夫された迷彩服）を着た二人の男を確認した。狙撃兵は、私たちの居場所を確認すると、そこにいる理由を探ろうとした。次には、私たちを待ち伏せできるような状況を作るだろうから、自分たちが危険な立場にあることは自覚していた。

　このいたちごっこは永遠に続くような気がしたが、一、二時間もすると、私はすぐにでも移動できる準備ができていた。ポンチョを羽織って雨の中に立ちながら、その情報をみんなに伝えた。私は、塹壕のようにきちんと掘られた通路を見下ろしながら、狙撃兵が飛び出してくるのを待った。筋肉を硬直させ、息を止める。奴らは、ここまで接近するほど度胸があるのだろうか。もしかしたらダメかもしれない、と思ったが、他の奴らは休んでいるし、ここでチャンスを逃すまいと思った。

　次に、夜間照準器ごしに閃光が見えた。何度か睨まれ、二人の男が四つん這いになっているのが見えた。まさか、かなり接近してきているじゃないか！　私はそこで待ち伏せされるのだろうと思った。この時、わが部隊の他のメンバーは、奇襲攻撃に備えて待機していた。

　一斉に息を吐き出した。奴らはこちらの照準器を見たはずだから、驚かせるには十分、手を尽くしたと思う。敵を撤退させたとわかっても、心臓はバクバクしたままだし、異常なほど汗をかいている。私たちは、土砂降りの中での接近戦を覚悟していた。だが、敵は、近づいてきたかと思うとすぐに撤退した。至近距離で私たちの人数を見て、これ以上近づくのは得策ではないと悟ったのだろう。何せ、六対二だったからだ。奴らがうまく撤退したのも、気づかれたことを知ったからだ。とはいうものの、私たちは一晩中、厳戒態勢を続けた。

夜が明けると、遠くの方で、奴らの戦車が左から右へ、右から左へとパトロールしているのが見えた。その後、私たちがいる並木まで五十メートルのところまで接近し、狙い撃ちをしてきた。私たちの居場所からほど近いところにいたが、こちらの正確な居場所は知られていなかった。ありえないほどの騒音が響く——ドーン！　ドーン！　ドーン！　と。

数分後、敵の戦車をやりこめるかどうか話し合った。だが、私たちが対戦車兵器を手に前進した時には、すでに撤退しており、手遅れだった。少なくとも、私たちが欲しかった情報、すなわち奴らの生活パターンはどうなっているか、また、どのような能力や武器を備えているのかは把握できている。司令部へ情報を持ち帰る時が来た。われわれは、次の任務につながる貴重な情報を得て、パトロールから戻った。

次の任務が来たのは、狙撃兵や戦車との接近戦からおよそ一週間後のことだった。急いで計画を立てると、私たち三人で任務に向かった。二人の外国人兵士と私は、前の週と同じ灌漑用水路を通っていったが、今は水があふれていたため、前回の任務と同じ位置まで溝を掘った。前回とは違って、今回はウクライナ兵士がいなかった。だが、奴らは、われわれの今いる位置より前に出てくることは絶対にないとわかっていた。さらに多くの情報を集めるには大きなリスクを負わなければならなかった。

私たちは敵の前線から先へ一キロメートル突き進み、並木沿いにある敵の防御線を越え、さらに、コンクリート製の灌漑用水路の中心部にまで踏み込むことにした。訳知り顔で一瞥し、着用していた重装備はすべて捨てた方が安全だと考え、ボディー・アーマーを脱ぎ、ヘルメットも外した。

弾薬、水、ポンチョという最小限の装備で、さあ、準備完了だ。防水ポンチョは、ドローンの赤外線カメラから逃れるのに非常に重要な役目をもつ。

日が沈み出すのと同時に前進した。西日のまぶしさがロシア軍の目をくらませ、銃で狙いをつけにくくするのを期待しながら。完全に、偵察モードで、戦術を繰り出す前提でいくと、何が起こるかわからなかったが、準備はできていた。標的にされたら、いつ撃たれてもおかしくない。ある段階で、私たちは木々の間を通り過ぎると、疑いながら武器を向けてみる。奇襲されていることを想定したが、何も起こらず、ほっとした。

やがて用水路の終点にたどり着き、今回も無事であったことに感謝し、敵に見つかることなく次の場所に到着した。

私たちは、星空の下でもう一晩、監視を続けた。ポンチョの下でぐずぐずと過ごしていたが、ロシア軍の戦車から至近距離にいたので、かなりの危険を感じていた。もし彼らが猛獣を引き連れて現れたら、絶対に逃げ切れやしないだろう。

だが、それは重要な情報と引き換えに、進んで引き受けたリスクだ。私たちは、そこに一晩中いた。二、三日とどまることも頭をよぎったが、戦車は、いつかは通り過ぎるだろう。

このまま残って戦車を待ち伏せするのか、それとも戦車にぶつかっていって即座に逃げ出すのか、話し合いが続いた。待機していると、戦車が暗闇の中に浮かび上がり、どんどん近づいてくるのが目に入った。恐ろしいことに、道をそれることなく、私たちからわずか百メートル先をパトロールしていたのだ。

遠くに、OPがいくつかあることに気づいた。敵がどのような装備をしているかをざっくりと想像し、入手した十分な情報をもとに、生活様式を思い浮かべた。そろそろ動かなければ、暗闇に紛れられる隠れ蓑を失うかもしれない。朝の光に照らされたら、私たちはおそらく終わりだ。それで、われわれは戦術的撤退を選んだ。

戦術的撤退を四分の三ほど進めたところで、低い地響きが聞こえ、それはどんどん大きくなっていった。戦車が前に出て、私たちを追いかけてきていたのだ！　こちらは三人しかおらず、しかも自動小銃しか持っていない。それ以上は何も持たない状態で戦車に追撃されるなど、嫌な予感しかしない。戦うか逃げるかの二択しかなく、今は、生き残ろうとする気持ちが働く。どこからか現れた超人的な力が、私たちの次の一手を後押しするかのように。

広々とした地を、全速力で走った。戦術として、OPのある並木を突っ切らないことに決めた。その代わり、敵に正確な位置を知られないように、並木を右へ回り込み急カーブで曲がることにしたのだ。

戦車が近づくと、並木が見えてきて、四十メートルほど離れたところで止まった。そして、ドカン！　砲弾が、頭上をまっすぐに通過して行った。

怖いなんてもんじゃなかった。戦車が近づいてきて発射されるところを想像してみてほしい！すぐに身を潜めた。私は、落ち葉と泥にまみれた穴に突っ込み、二発目の発射と同時に落っこちてしまった。またしても、砲弾は頭上をまっすぐに通過していく。対戦車兵器を取り出そうとし、躊躇した。居場所を知られていたので、破れかぶれの突撃をしないなら後退するしかない。自分たちをさらけ出すのはリスクが高すぎる。銃殺されるという結末は回避した。

距離が近すぎるせいで機会を逸してしまったように感じた。だが、今、彼らの位置がわかって安堵している。今すぐ、最高司令部に伝達するには十分な情報だ。私たちは、三つの任務がうまくいったことに満足し、キャンプに戻った。

物事が起こるのには理由がある。私はそう信じている。私がオデーサにいた時、運よく、新しい部隊の結成に向けてキーウへ北上している男と会った。彼は、特殊部隊と組んで、フルタイム任務の契約を結ぼうとしていた。興味がないかと問われたので、私は、ちょうど今部隊と交渉中の身だが、将来的にはあなたの誘いを受けるかもしれない、と答えていた。

懐かしい感情がわき起こり、バンド・オブ・ブラザーズへの憧れがよみがえり、せっかくのこの機会を無駄にするのはもったいないと思った。それで、正式な契約を結ぶ機会とポジションを提示されると、私は飛びついたのだ。

彼から二人の男を紹介された。一人はジャックといい、もう一人はダニエル・バークという男だ。彼らは、私と同じような経験をし、訓練を受けていた。先行きの明るさを感じられた。

次の日、私たちは、まじめな話をしようと会うことにした。イギリス陸軍での経歴について話していると、何と、ダニエルは、十六年前に私と一緒に訓練を受けていたんだ！　そして、二〇一四年にロシアがクリミアを違法に併合した時、ダニエルは、ダーク・エンジェルズを設立していた。ダーク・エンジェルズとは、自由のために戦うウクライナ人を支援する、国際的なボランティア集団だ。バンド・オブ・ブラザーズの概念そのものが、私たちの友情をよみがえらせたんだ！　これから、すばらしいことが起こる兆しだと思った。

私たちは、ウクライナのために自分から進んで動き、戦うことを厭わない、資格のあるまともな兵士たちを集めて、新しい部隊を作り始めた。私たちの原則をそのまま伝え、自分の居場所で最善を尽くし、守り抜く理由をしっかりと考えられる男たちを部隊に呼び込んだ。ここでの出会いは、先月、嫌な経験をしてきた私にとって、本当に励みになる瞬間だった。

そこで、約束通りに彼らと会った後、数日間キーウに行き、契約書に署名をした。招集がかかるまで、オデーサで待機するよう指示がでたので、私たちはオデーサに向かい、次の行動に備えた。

二〇二二年九月

オデーサに着いてから食料を調達し、古い村に落ち着いた。比較的、閑散としていた。水道はなく、あるのは井戸だけ。屋外にあるトイレは、古い空き家のものだ。鎖でつながれたままの犬がいたので、外してやった。犬を愛してやまない私たちは、放置されてノミだらけになった体を洗い、餌を与え、私たちのペットとして迎え入れたのだ！

次に目標にしたのは、居心地のいい住まいを手早く作り上げ、新しい環境になじむことだ。だが、数時間のうちに、移動中のトラックや他の車が、絶えずブーン、ブーンという音を立てていることに気づき、経験と知識から異変を察知した。今、何かが起ころうとしているのだ、と。

翌日、部隊の残りのメンバーを紹介された。私たちはここで、彼らを、偵察部隊の一員として部隊になじませながら、われわれが急遽作ったプログラムで訓練を行う。すべてがうまく運んだので、私たちも自信がつき、準備も整った。ドローン、弾薬、武器を持っていたので、数週間をかけて訓練を行い、準備をした。

小屋には、部屋が三つあった。ダブルベッド付きの部屋が一つ、シングルベッド付きの、通路のない部屋が一つ、そして、間に合わせのキッチンだ。安全ではない感じもあったが、ガスが使えたのはラッキーだった。ガスのスイッチを入れると、ガス管からガスが送り込まれ、点火する。かなりきわどかったが、少なくともガスは通っていた。

井戸からバケツで水を汲み、わかしたり、洗い物に使ったりした。「必要は発明の母」ということわざがある。ロープを調節し、ガレージからじょうろで水をまく装置を考えついた。長方形のプラスチック製大型洗面器を見つけたので、立ってロープを引き、水をかける。この小道具が、間に合わせのシャワーになったんだ！

私は、窓際の床で寝たが、すべての機材をつないで足下に置き、簡単につかめるようにした。ダニエルは、技術を必要とする機材一式を持っていたので、私の部屋の隣にある広い部屋を使い、ジャックは私と相部屋にし、二人でダブルベッドを使った。ベッドは寝心地が悪いから、床に寝れば良かった、とジャックが呻いていたことが、忘れられないよ！

タイムスリップしたかのような家だった。平屋建てで、コテージの外壁は漆喰塗り。裏には畑が広がっている、古い絵画のような景色を想像してみてほしい。隣にも同じようなコテージがあり、人里離れたところに砂利道が一本、通っている。これらの建物は、ウクライナでよく見られる青色の塗装で、古い小さな四角い窓からかろうじて光を取り込んでいる。

暮らしは快適で、すぐに地元の店で顔見知りとなった。軍人や女性たちはみんな、おいしいピザで有名な、小さな喫茶店でゆったりと過ごしていたが、ここは、他には何もない小さな集落なんだ。トラックの騒音がうるさく響き渡るばかりで、私たちはさまざまなものに惹きつけられた。日々、訓練に勤しむことで、単調さはもみ消されたし、訓練のプログラムを続けられることが嬉しかった。年配の退役軍人が中心メンバーだったので、ゼロから訓練する必要はない。民間人を訓練するよりも負担は少なかった。彼らは英語が全然ダメ、あるいはほとんど話せないのに、軍の言葉を理解しており、やりやすかったのだ。

われわれは、パトロールや射撃の技術を伝授し、手信号の訓練を行った。隊形や、街路の歩き方、森林地帯や、隠れ場所のないところで敵から射撃を受けた時の対応の仕方を教えた。こうした活動は、すべて兵士としての基本技能だ。私たちの関係者も含め、兵士たちの反応もよく、訓練を楽しんでいた。兵役経験者からなる部隊だったので、気分よく進められた。

時には、手榴弾を的に向かって投げる訓練もやった。私たちは太陽の下で、武器を零点規正する。それは、視界にある、照準したポイントに正確に着弾するよう、自動小銃を調整し、ゼロポイントを定めることだ。一定の距離で、誰が一番正確に命中できるかを競った。このような活動を通じて、真の仲間意識が築かれる。私は、笑いっぱなしだった。自分が正しい場所にいて、使命を果たし、状況をよくしているのを実感していた。またしても、自分の軍事技術や専門知識の多くを、戦いに向かう兵士の潜在能力を底上げするために活用できた。気分は上々だった。

こうしている間に、任務をこなすための準備が終わっているかどうか、確認の電話があった。テレビドラマシリーズ『バンド・オブ・ブラザース』では、全員が装備を持って整列し、出陣前にジャンプの練習をして準備を整え、一瞬の緊張感の中で、ピックアップ・トラックが動き出すのを待つのだが、今夜は、ジャンプはなしで、と告げられただけだった。私たちも同じ考えだ。それに、今日はもう、ここを離れることはない。

幹線道路から五百メートルほど離れた場所で、夜になっても停車しているトラックや戦車、ＢＭＰ（歩兵戦闘車）がガタンガタンと騒音を出し続けているのを聞き、そのうち何かが起ころうとしていることに気づいた。延々と続く車列から、夜通し、ガタガタ、ガタンガタンと響き渡っている。離れたところに、人がいるのが見える。大砲の砲撃音が聞こえてきた。早朝から始まり、何時間にも及んでいる。私たちは、互いに顔を見合わせ、大攻勢が始まったことを悟った。

ずっと待っていたこの時がきたのだ。だから、私たちは冷静さを保ちながら、軍事上、正確に出陣の準備を整えた。

次に、現状を踏まえた打ち合わせのため、指揮官のいる場所に行くよう、指示を受けた。彼のニックネームはサルマットだったが、本名はアンドリーイ・オルロフ。ウクライナ軍で最も栄誉ある英雄の一人である。到着後、私たちは弾薬、対戦車兵器、その他の弾薬、必要な装備を集めた。打ち合わせでは、戦車から離れて歩兵が前進してくるのを待ち、その後、背後から追いかけて森を走り抜けるよう伝えられた。私たちの仕事は、敵の位置情報を入手し、敵の兵器の性能やその他の重要な証拠などを集め、味方が優位に立てるようにすることだ。

小型のＢＭＰが待機している救出地点に到着した。私たちは、タバコを吸ったり、グータッチをしたり、「さあ、行くぞ!」と叫んだり、盛り上がっていた。ついに、大規模な攻撃に打って出ることになったのだ。私たちのエネルギーは、爽快だが強烈な緊張感が漂う車道に積み重ねられていく。

雨が降り始め、BMPが泥を巻き上げた。これは、シェードとフェイスマスクを着用せよ、という合図だ。BMPの両側から立ち上る黒煙を見ていると、アドレナリンはぐっと増えるが、それと同時に、神経を逆なでされるような感覚に襲われる。時折、バンの上から覗き込むと、若者たちが拳を突き合わせていた。「大丈夫だ!」という声が響き渡った。

ようやく歩兵のところまでたどり着いたが、あまりに早く追いついてしまい、渋滞地点にぶつかってしまったため、後退せざるを得なかった。渋滞地点とは、動くものが狭い場所や細い道で、交通が滞り、相当、攻撃を受けやすい場所として注目される地点のことだ。数日前、歩兵部隊は小さな浮き橋を設置し、私たちが川を渡れるようにしていた。だが、あいにくの大雨で橋は水没してしまった。水没した橋を前にして、私たちは足止めされた。歩兵隊が橋を修理し、安全に使えることを確認するまで待たなければならなかった。カモにされているかもしれないことも考慮しなければならず、その結果、後退することになったのだ。

橋はようやく修復され、渡れるようになった。戦車はすべて並木沿いに押し上げられ、次の段階に備えていた。ロシア軍を引き下がらせることに成功したのだ。ロシア軍は大砲と戦車を後退させ、ここで追いつこうと考えていた村から撤退していった。われわれは、小型のBMPで川を渡った。
左折する時、歩兵部隊とウクライナ国家警備隊の横を通り過ぎたが、そこで目にしたのは、多数の犠牲者、首なし死体、手足を切断された者、ひどく損傷した車両など、ぞっとするような光景だった。殺戮を目の当たりにしながら、間違いなく戦闘の大半を見逃していたことを痛感したが、それはわれわれの任務ではない。

周囲を見渡すと、他の隊員たちが、私たちに向かってガッツポーズをしていた。戦うことは、残虐な行為であるものの、戦闘地域にいる男たちの間で、互いに深い認識をもったつながりが感じられるのは気持ちがいい。森の中で他の車とすれ違う時、隊員たちは連帯して腕を上げる。最高の気分だ。私たちはみんな、自由を求めて戦っているのだ。ひいては、この国のために戦っているという、すばらしい感覚を覚えた。不滅の一体感があった。それは、私たち全員に、力と誇りを与えてくれた。

ＢＭＰで十五分ほど走り回ったが、煙はまだ上がっており、車内は泥だらけだった。全員が全身ずぶ濡れで、凍えそうなほど寒い。安全な地点で停車すると、装備を、すばやく慎重に外し、ＢＭＰから飛び降りた。出された指示によると、降車地点はＲＶ《ランデブー》一とＲＶ二の二地点、そして緊急ＲＶだ。この地点からかなりの距離を歩いた。私たちが向かう先は、轟音が鳴り響いていてＢＭＰは使えなかったので、ＢＭＰが向きを変えて次の任務に戻る間、私たちは全方位防御をとった。私たちの位置は、かなり厳重に偵察されていたのだ。

装備を整え、隊列を確認し、パトロールしながら進む。敵を警戒しながら黙々と行う。歩兵のために、海岸と通路にある障害物を取り除いておかなければならなかった。指定された持ち場では、私たちと平行に移動する歩兵に遭遇したので、自分たちが正しく進んでいると確信できた。私たちは、すでに掘り返された丘の頂上に陣取った。

その時、どこからともなく巨大なロケット弾が二発、飛んできて、百メートルほど手前の納屋に命中した。大爆発によって、大きな火の手が上がり、その納屋のコンバインは大破した。「アミン！　ここから逃げるんだ！」ダニエルに大声で呼びかけられ、溝に引きずり込まれた。実際に、その火力の強さに恐れおののいてしまった。あらためてアクション映画のワンシーンを思い出した！

丘を掘ってできた塹壕が見えたが、木々は焼け焦げ、折れていた。目の前に広がっていたのは、完全に荒れ果て、破壊しつくされた光景だった。私は前方に座って丘から村を見下ろし、できるだけ多くの情報を得ようとした。

ドローンを飛ばしてみた。ドローンが空中に上がると、すぐに、どこからともなく二台の戦車が、私たちの、左右およそ十五メートル後方から近づいてきた。集中砲火がわれわれの陣地に襲いかかってきた――ドーン！　ドーン！　ドーン！　狙われたのはわれわれの戦車だったが、着弾したのは私たちの陣地から二十メートル、三十メートル、五十メートル、百メートルの地点だった。攻撃は、かなり長く続いた。われわれの戦車も応戦したが、私は思わず飛び上がった。大地と砂利が振動し、地面から浮き上がるのが見えたからだ。戦車から放たれる砲弾の「ドーン」という音は、何度聞いても、いつもびくびくしてしまう。自分の背後にある巨大な車体から、いつ爆発が起きるかわからないからだ。

しばらくして周囲を見回すと、私の仲間は引き揚げており、一人、野外に取り残された私は、情報を得ようと偵察を続けていた。だが、自分が飛び上がるたびに泥や砂や土が跳ね上がってくるので、できるだけ頭を低くして、戦いが小康状態になるのを待った。

状況が一段落すると、私は急いで立ち上がって若者たちを呼び、置いてきた装備を抱えて、塹壕に引き返した。そばに、六人が並んで座っていることがわかり、孤独は和らいだ。地下にとどまっている間、どれだけ守られているかはわからないけれどより安全だと感じた。

歩兵部隊はどんどん前進し、ロシア軍を、予想よりも早く後退させた。前方をパトロールする前に、私たちは、途中で、木陰にある司令部に戻った。新たな任務を報告するためだ。

村への襲撃

ある小屋にて

夜明けの光が地平線から差し込んできたので、ウクライナ兵と私は、その日の任務に備えた。空気は張り詰め、遠くから大砲の音が響く。われわれの目的とは何なのか。一見、何ということもない村が、今ではロシアに抵抗する砦となっている。私たちはこれまでに、ここにある二階建ての粗末な小屋に狙いを定めてきた。屋根には、そこで亡くなった人が開けた穴の跡がある。壁にはＰＫＭ（機関銃の一種）が撃てるように銃眼が開けてあり、壊滅的な攻撃力が備わっていた。

何時間にも及ぶ命がけの銃撃戦が繰り広げられ、銃弾が飛び交う中、ＲＰＧの弾頭が宙を舞った。一進一退の交戦が延々と続き、ちょっとした隙もない残酷な綱引きのようだった。ウクライナの兵士たちは、数ヵ月にわたる戦争で鍛え抜いた決意のもとで、驚くほど勇敢にふるまい、決断力を発揮した。前進するためには、何としてもあの小屋に備わる破壊力を排除しなければならないことはわかっていた。

敵と意思疎通を図り、降伏の機会を与えるべく努力をしたが、敵は、ただ声を荒らげ、銃弾の雨を降らせて応戦してくるばかり。我慢は限界に達し、直ちに脅威を排除することを決めた。リスクはあるものの、必要な計画だった。そう、小屋を制圧することにしたのだ。

銃声が散発的に聞こえる中、窮屈な白壁に身を隠した。鼓動は速まり、アドレナリンが私の感覚を研ぎ澄ます。後方では三人のウクライナ兵が隊列を組み、私の後に続く準備をしていた。二人一組になって、小屋へと整然と進む。最初の部隊が伏せの状態で匍匐《ほふく》前進しながら銃弾をかいくぐり、制圧射撃してくれたおかげで　私たちは正面の窓までたどり着くことができた。位置に着くと、すぐに私の部下が隙間から手榴弾を滑り込ませた。

爆発によって建物は揺れ、まさしく攻撃を起こす一歩手前まできていた。ドアを壊し、息を合わせて流れるように突入する。小屋の中は、部屋が迷路のように入り組んでいるため、全員が死の罠にはまるかもしれない。室内の空気は、埃にまみれ、火薬の刺激臭で充満している。連射される銃声が、耳の中でこだましていた。

仲間とは、手信号と相槌でコミュニケーションをとる。私たちは、暗黙の信頼関係で結ばれているのだ。各部屋を攻略していくうちに、新たな課題が浮かび上がってきた。敵軍の防御は堅く、抵抗も激しい。銃声に叫び声や悲鳴が混じり合って不協和音が生まれ、混乱に拍車をかける。それでも、任務を完了しようという部隊の意志に突き動かされ、私たちは前に進んだ。

どの部屋でも小さな交戦が繰り広げられ、それは乗り越えなければならない障害となった。訓練してきたこと、そして本能に突き動かされ、脅威を一つずつ、計画的につぶしていった。敵は必死の形相で挑みかかってきたが、こちらは、正確に、かつ決意をもって動いた。アドレナリンが血管を駆け巡り、頭を休ませることなく、集中力を損なわないようにしながら進んだ。

ついに、最後の部屋にたどり着いた。大がかりな突撃に備えるために時間が引き延ばされているように思える。私たちはエネルギーを一気に爆発させ、銃を乱射しながら突入した。交戦は迅速かつ決定的なものとなった。残されたロシア兵は私たちの猛攻に倒れたのだ。われわれの容赦ない進撃を前に、彼らは、最後の抵抗もむなしく全滅した。

二〇二二年一〇月

次の任務を簡単に説明すると、すべての先鋒部隊がどこにいるのか、正確な位置を特定し、彼らがその位置にいることを確認してから、最初の監視を進める、というものだった。要は、敵の部隊を見つけるという任務だ。

信じられない話だが、以前とまた同じことが起こった。われわれは、BMPで行き来し、BMPを降りて部隊の場所を正確に把握するために地図を確認し、びしょ濡れになった重装備を背負ってパトロールし、進路にとどまってはロシア軍に遭遇しないようにした。

二つ目の村に近づくにつれ、辺りは暗くなってきた。目の前には長い道があり、両側には視界を遮る木々が生い茂っていたので舗装駐車場沿いをパトロールしていた。私たちの周囲では相変わらず、遠くから銃や戦車の攻撃を受け、戦闘は激しさを増していた。コンクリートはボロボロにひび割れ、大砲の弾が命中した跡が見て取れた。

ロシアの戦車、ウクライナの車、補給トラック、救急車など、道路の至るところに、被弾した車が散らばっていた。この辺りの地面は一キロメートルにわたって焦げており、ひっくり返った車、めちゃめちゃに破壊された車、その他、放置された車が散乱している。ここで激しい戦いが繰り広げられたことがわかる。仕方なく、私たちはこの砲撃をかわしながら前進した。

この地点でできることと言えば、なるべく姿勢を低くして前進し続けることしかなかったが、背負っている荷物の量も半端なく、激務だった。しばらくして、私たちはある地点にたどり着き、そこで旅団司令官の一人に会った。彼が言うには、ここからは最低限しか進めないと言われた。ここまでだ。つまり、歩哨を設置する区域をどこまで「開拓」できるか、ということだ。どこまで突き進めるのか、あるいは、任務のためにどこまで行けるのか。地図上には、限界があるのが普通だ。

少年たちがわれわれを並木に引っ張っていった。ライフルズにいた時に受けた基礎訓練で、三角形の港湾隊形をとった時のことを思い出した。港湾隊形とは、森林地帯に入った兵士の集団が列をなして防御線を張る隊形だ。港湾隊形の特徴として、すばやい移動によって位置取りされ、全員が外向きの態勢をとる。森林に生えているのは主にモミの木で、びっしりと茂っていた。仲間の一人、シュム（オレグ・シュモフ）は、弓形の小さな石橋があることを思い出したようだ。橋の下に行けば、風雨をよけられる。シュムは下に降りていって、横転した廃車の周囲に地雷があることを確認したので、私たちは慎重に誘導され、一人ずつ、安全なルートを歩いて降りた。

横転したウクライナ軍の装甲車、コザックの車両が見えた。パトロール中、緊張していたひときに、少年が一人、地面を指差してウクライナ語で何か言った。私はリュックサックを四つ背負っていて、疲れ切っていた。リュックサックを下ろせと言われたと勘違いして、肩から振り降ろそうとしたら、みんなが悲鳴を上げた。私が足を止めると、彼らが指し示したのは、何と地雷だったのだ。嘘だろ！　みんなを殺すところだったんだ！　このことを踏まえて、安全を守るためにはコミュニケーションが不可欠であり、ただ何かを指差すだけでは不十分だと伝えた。言いたいことは、正確に伝えなければ。「わかった。次は『地雷がある！』って叫ぶよ」と少年たちは答えた。

結局、この話は、みんなで笑い飛ばした。緊張を解き、経験を一つ積み、うまく逃げられてよかったね、というオチで締めくくられた。

私たちは、橋の下をとぼとぼと歩いた。地面は、レンガや岩、砂利で覆われ、かなりでこぼこしていた。二十分から二十五分かけて両側に小さな壁を作ってからコーヒーをいれた。居心地はなかなかいいな！　私たちは肩を並べて寝た。私の左側にぴったりとくっついていた人は「教授」だそうだ。この後、交替で歩哨をしながらかなり快適な時間を過ごせた。朝は早いから、「皆さん、おやすみ！」と挨拶してから眠りについた。

頭を低くしようとしているところへ、再び、ロシア軍からの砲撃が始まった。橋に砲撃音が反響し、普段の十倍近い大音量で聞こえた。耳をつんざくような騒音を聞きながら、いつしか、この砲弾が橋の上や下を通過しているに違いないと思うようになった！　私たちの居場所が狙われている。何とか、ほとんどの少年たちが目を覚ました。

翌朝、早起きして敵の位置を特定するための作業に備えた。当初の任務である奥地の偵察と突撃に戻るつもりだった。

その後、私たちは荷物をまとめた。そうしていると、シャムが、もっと奥の方から走って戻ってきた。ジャベリン六基を含め、武器をいくつか見つけてきたのだ。この、ささやかな戦利品に大興奮したけれど、残念ながら全部は運べなかったので、車内に二基だけ持ち込んだ。残りのジャベリンは、もちろん、地雷がないか確認しながら慎重に埋めた……。

荷物を整理し、時間になるとパトロールを開始した。午前六時に、単一陣形で出発した。

再び森の中のパトロールについた。今度はかなり無防備な状態のまま、広々とした場所をパトロールしていた。私は、自分たちがいるこの地域があまり好きではなかった。戦車を停めるにはうってつけの広々とした原っぱで、小さな木立があるだけだった。一辺はほんの五十メートルほど、もう一辺は二百メートルほどの長さがある。そこにまた別の兵士の一団が身を潜めていた。缶詰の中のイワシのようにぎゅうぎゅう詰めになっていて、ほぼ身動きが取れなさそうだ。だが、敵をターゲットにするのはもっと簡単で、ロシア軍を引き下がらせるには、銃撃戦に勝つしかない。すれ違う少年たちのことを思うと後ろ向きな気分になってしまうが、限界まで「開拓」しなければならない。なぜなら、自分たちが見つけ出したことを、司令官に報告しなければならなかったからだ。

原っぱをパトロールし、並木に入った。雰囲気は怪しげだし、確信がもてなくなったので、荷物をいくつか下ろすべきだと考えていた。ある地点に到達したので、部下二人と荷物を降ろす。再び突き進み、限界まで開拓しようと残りの荷物のほとんどを降ろした。限界に到達するまで、八十メートルの空き地が広がっている。全員が、かなりそわそわしていた。

部下が言うには、百メートルから二百メートルほど離れたところに、二台の戦車（おそらくBMP）と歩兵がいたらしい。私は、最前線の先鋒部隊の一員になりたいとも思わず、なる予定もなかった。私は、主に偵察をするために契約したのに、残念ながらこのような結果になった。後退し、ロシア軍兵士を見つけるという最初の任務を続ける前に、「限界まで開拓」するという、私たちがやるべき最後の仕事をしておかなければならなかった。だが、少なくとも私たちは前線を見つけ、全軍を率いたのだ。すべてを天秤にかけて「よし、先へ進もう」と言った。

その後、わが軍の装甲車は、戦車を標的にした。ロシア軍の戦車は、部隊とともに後退した。しばらくドローンを見かけていない。三つ数えてから、だだっ広い八十メートルの空き地を、六人で砲火を浴びながら横切った。ダダダダダダダ、ダダダダダダダ。味方部隊の援護射撃もあり、何とか二番手の偵察隊と、この攻撃の先鋒隊につながるところまで渡れたので、胸をなで下ろした。あとは敵の位置を確認してバグアウトするだけ。これで、任務完了だ。

私たちは塹壕で腰を下ろすと、格子状の破裂弾が誤って掘り出されたままになっていることに気づいた。だからなのか、マットという若者が、「ここに残って部隊の面倒を見てほしい」と言ってきた。私は、部下たちに全方位防御をとらせ、左側で待機した。

マットは前進し、ドローンを飛ばす準備をした。次の瞬間、はちゃめちゃなことが起きた。これまでの人生でも、ひいてはアフガニスタンでも経験したことがない。手に負えないほど危うい火の力に、度肝を抜かれた。

四方八方から大砲の弾が降り注ぎ、すぐそばにあった木の上で、何かが爆発した。火花がそこらじゅうに飛び散り、木の破片、枝、土砂が周囲にまき散らされた。

爆音がして、私は塹壕から飛び出した。シュムが前方に飛ばされている。一見、燃えた木の前方に立つ木に守られているように見える。相棒の「教授」がシュムを引きずってきたので、私が手を貸して小さな塹壕に引き入れた。教授がシュムを抱きしめる。「シュム！　撃たれたのか？おい、やられたのか？」と私は問いかけた。次の瞬間、さらなる砲弾が降ってきた。

ダダダダダダ、ドーン、ドーン、ドーン！　激しい砲撃が続く。シュムをどこにも連れていけない。彼の腕は血でぐっしょりと濡れていた。医療品セットを取り出し、袖を切ろうとしたが、刃の切れ味が悪いこと！　何とか肩先まで切ることができた。彼の様子を確認し、呼吸ができるかどうかを尋ねる。呼吸はできたが、腕を三発、やられていた。傷はひどく、至るところから血が噴き出ている。最悪の状態ではないが、大量に出血していた。

まずは傷口を圧迫し、セロックスで処置した。セロックスは、致命的な出血を止め、傷口をすばやく塞ぐ、特殊技術を駆使した高性能の包帯だ。だが、セロックスを使ってもまだ出血が止まらないので止血帯を巻いた。出血を遅らせることはできたが、血はまだ止まらない。もうこれ以上、シュムに止血帯を巻きたくはない。

傷の手当てをしている間にも、周囲で銃弾が飛び交っている。野蛮な奴らめ。できるだけ早く包帯を巻かなくては。包帯を巻いていると、三発の銃弾が腕を貫通し、穴が三つ開いているのに気づいた。手首にも出血があったので、できる限り包帯で覆った。何とか、手首に包帯を引っかけた。「シュム、すまないが包帯を巻いてしっかり固定してくれ。出血が遅くなるはずだ。さあ、塹壕に入るんだ！」と声をかける。

塹壕に飛び込んだ。教授と私は、目の前にある、砲弾の埋まった、簡易ベッドほどの大きさの塹壕で身動きが取れずにいた。塹壕から出て前方に駆け出した時、砲弾が私たちの隣に着弾し、吹っ飛ばされた。幸いにも、命中は免れた。でも、足をひどく打ち抜かれた。私たちは塹壕に飛び込み、武器を手に取り、地面を見渡した。敵の姿は見えなかったが、小さな銃口が光っているのが見えた。私は敵がいる方向へ、二発撃ち込んだ。

たちまち、頭を低くしなければならなくなった。弾丸と砲弾が飛んできたからだ。次々と、容赦なしに。地面がずれ、木々は爆破され、あまりにも敵が近いせいで身をかがめることしかできない。弾丸が頭上を通過するたびに、教授は身をかがめ、私は身をよじった。かぶっていたヘルメットとヘルメットを合わせ、できるだけ膝を低くする。五日間、雨が降り続いていたので、滑りやすく、泥だらけで危険だった。弾が撃ち込まれるたびに、私たちの居場所にどんどん迫ってきた。

この、執拗な銃撃は十五分ほど続いた。

小康状態になったと思ったので、私は顔を上げ、何かできることはないか探したり、行ける場所にはどこへでも行って、仲間を引き戻したりしようと考えた。だが、残念なことに、教授に手をつかまれて、砲弾の埋まる、狭い塹壕の中に引き戻されてしまった。

日が暮れると雨が降り始め、砲撃はさらにひどくなった。一向にやむ気配はない！「この弾薬、いったいどこから調達してるんだよ？」と私は声を荒げて教授に問いかけた。こうした極限状態は、他の前線にはなく、最前線でしか見られない！　正面と左の地面は平らで、右はくぼんでいる。できることは何もない。自分たちの置かれた状況の深刻さに気づいた。追い詰められ、やられるのは時間の問題だと思った……。

突然、別の弾が私の右側、四、五メートル先に命中した。地面全体が揺れ、私の肺から、空気が吸い出された感覚に陥った。

なあに、そんなにひどい事態にはならないはずだ、と思った。普通なら、次に来る弾が最初の弾のすぐ近くに着弾することはありえないのだから。だが、その時、私の目の前でけたたましい衝撃音とまばゆい閃光が炸裂した。誰かの手で、地下に引きずり込まれたような気分になった。

銃弾が、私たちに命中したのだ。

この時の感情を、私はこの先、絶対に説明できやしないだろう。

赤い閃光が目に入り、地獄の底に吸い込まれていく感触があった。誰かが踏んづけたブリキ缶のように、全身がぐしゃぐしゃにつぶされた。体中の空気が吸い取られ、ぺしゃんこになった気分だ。顔を上げた時、自分たちが被弾したことにまだ気づいていなかった。だが、兄貴分の教授が、まるで水に浮かんでいる時のように体をばしゃばしゃと揺さぶらせているのが目に入った。両腕を前に出していたが、私も同じようにしていたに違いない。

うつむくと、かろうじて呼吸をしていることに気づいた。これまでに感じたことのないこの現実は、いったい何なんだ？　二人とも、地面に叩きつけられた。ぐしゃり、と！　背中に、教授が乗っかっていた。大きく息を吸い込む。信じられなかった。被弾した私は、頭の中で叫んだ。おれは被弾した！　撃たれちまったんだ！　そして、ハッと息を飲み、「教授！　教授！」と大声で呼びかけた。

教授は死んでいた……。

部隊の一人が致命的な傷を負い、もう一人が死んでしまうと、罪悪感でいっぱいになる。死んだのはなぜ、私じゃなかったんだ？　と自分に問いかけ、生きていてはダメだと感じる。でも、この塹壕から出なければ、ここで死んでしまうと思った。外に出なければならないのに、体を起こそうとしてもまったく動かない。教授は、がれきまみれのまま私の上に横たわっている。塹壕には、私の武器が深く突き刺さっていた。私はここで死ぬんだ、ここが、私の死に場所だ、という考えが頭をよぎった。

まだ痛みは感じなかったが、百パーセント、死ぬんだと信じて疑わなかった。不思議な話だが、そういう心境でも穏やかでいられた。なぜ即死ではなかったのか、理由がわからなかった。エネルギーが抜け落ちていくのを待っていたが、そうはならない。なぜまだ死んでいないんだろう、と疑問に思った。頭の中が混乱していて、意味が飲み込めなかった。苦しみながら死んでいくのか？　私はどうなるんだろう？　そして気がつくと、気分がよくなっていた。結局、私は死なないのかもしれない。

再び塹壕から出ようとしたが、雨で滑りやすく、泥に足を取られ、そのまま泥まみれになってしまった――そして、呼吸がしにくくなってきていた。

まさか、シュムが生きているとは思わなかったが、呼びかけてみた。そして、遠くの声に耳を傾けた。「シュム、生きてるか？　生きているのか？」

「生きてる！」という叫びが聞こえてきた。

「こっちは撃たれて、しかも教授が上に乗っかってて、どうにもならないんだ！　助けてくれ」

シュムは塹壕から飛び出したが、そのほぼ直後に、また弾が降ってきた。機銃掃射と大砲だ。ドーン、ドーン、ドーン……。

シュムは教授に駆け寄り、後ろからストラップをつかんで引き寄せ、できるだけ早く塹壕に逃げ込んだ。

負傷したシュムは、まだ銃撃を受けており、腕もひどい傷を負っていたが、命がけで塹壕から飛び出して私を救助してくれたのだ。まさに、英雄のように。そのことを、私はずっと光栄に思うだろう。

残された力を振り絞り、塹壕の両側から腕で体を押し上げようとした。やってみたら全身に激痛が走る。肺と腕に強烈な痛みを感じた。床に目をやると、手がだらりとたれている。ベルトキットも巻いていたし、ボディー・アーマーも、すべて身につけていた。

腕を骨折していて、使い物にならないことに気づいた。腕全体がズタズタになっているなんて、気づきもしなかった。右足で押し上げようとして下を見ると、かなりたくさんの金属片が、左から右に渦巻いていて、約十センチメートル×約十五センチメートルの金属の破片が、足の内側の一部分を貫通し、巻きついて、反対部分から飛び出ていた。「これではダメだ」と私は自分に言い聞かせた。

その瞬間、背後から司令官の声が聞こえた。辺りは暗くなり、雨が激しく降っていた。「塹壕から出るんだ！」と叫んでいる。もし塹壕から出られないなら、これまでジムで鍛えてきたことはいったい何になるというのか！

そこで、左足と左腕に残っているありったけの力と、生命力を振り絞って、塹壕の外壁につかまった。まずベルトのバックルを外し、泥でできた壁をつかんで体を引き寄せる。悲鳴をもらしながら……四つん這いになり、塹壕から這い出た。暗闇の中、私の脳裏にある思いが浮かぶ。すると、次の瞬間、ダダダダダーン！　自分の左側で銃声がこだましていた。またもや強烈な痛みが走る。案の定、左腕を撃たれたか、跳弾を受けたかしたのだろう。この新たな傷によって、さらに生きることから遠のいてしまった。というのも、自分の体を押し出して身を隠そうとしても、肩か左足しか使えなくなってしまったからだ。「岩の塊よ、あの木のところまで行ってくれよ」と独り言を言ってみた。岩をのけることができない。滑りやすくなった泥の中を、後ろ向きに滑っていったのだ。

不意に、ストラップをつかまれ、後ろに引っ張り込まれた。土砂降りの雨の中、弾丸が叩きつけられる中、指揮官は私をやぶの中に引きずり込んだのだ。

「この岩から降ろしてくれ！ 岩の上に横になってるけど、苦しくてたまらないんだ！」と声を上げた。

司令官はこう答えた。「これは、岩なんかじゃない！ 君の背中に触れているのは金属だ！ まだ、ボディー・アーマーを身につけている状態だ。足下に爆風が吹き付けて、地下およそ三メートルまで貫通したんだよ。湿った粘土質の地面だったから、そこにいた兵士たちを、塹壕ごと吹っ飛ばす計画だったんだ。ただ、爆風が起こったのは外側じゃなくて上向きだったから、君のボディー・アーマーの中に食い込んでしまった。止血しなくてはならんが、痛み止めはここにはない」

司令官は、私の右足と右腕に止血帯を巻いた。その痛みは想像を絶するもので、かって、イギリスの有罪判決で最高刑と言われた引きずり回し、首つり、四つ裂きの刑のようなものだった。ケガの痛みは、ほとんど我慢してきた。しかし、一旦止血帯が装着されると、そこから悲鳴をもらさずにはいられなかった。ただ、衛生兵の知識をもつ者として、どんなに悲鳴を上げようと、どんなに辛かろうと、しっかり引っ張らなければならないことを、私は知っていた。

降りしきる雨の中で自分を見下ろし、あまりにも現実離れしているなと思った。まるでハリウッド映画の登場人物のようだ。

トレンチコートを着たマットが、トランシーバーを持って現れた。私は息を整えようとする。息は、刻一刻と浅くなっていた。今が正念場、いわゆる限界に近づいてきたことがわかっていた。両脚、肺、両手、両腕、あらゆるところに痛みが走る。マットは振り返って言った。「心配するな、どうにかしてここから出してやる」

その後、マットはウクライナ語で、私たちが以前、調べたことのあるコサックの車両と無線で話しているのが聞こえた。約十五分後、背後から、耳をつんざくような大きな音が聞こえてきた。なぜ、まだ意識を失っていなかったのかわからない。ポンチョを着た、六人の男たちを乗せたコサックの車が到着した。男は、別のポンチョの上に私を滑らせて寝かせ、シュムとともに車の後部に放り込んだ。教授も一緒だったかどうかはわからない。まるでジャガイモの袋を投げているようだったが、重要な瞬間にそんなことはどうでもよかった。われわれは、できるだけ早くこの地域から脱出しなければならない。車の向きを変えると、広い大地を、猛スピードで駆け抜けていった。

床に伏せ、銃撃を受けながら、コサックは低い声で話していて、弾丸が車体側面に跳ね返ったのを覚えている。車は、凹凸のある地形を、上下に揺れながら、転がるように進んだ。寒くて暗い中、苦しくてたまらなかった。

私は、息苦しいと訴えた。すると、私を座らせて、ボディー・アーマーを脱がせてくれた。胸郭に圧迫針を刺して、ガスを抜こうとしたのだ。痛かったけど、気にしていられない。ただ、息がしたかっただけなんだ！

車を二十分ほど走らせてから、停車した。「よかった、病院に着いたんだ」と思った。でも、恐ろしい話だが、野戦救急車がいるところに来ただけだったんだ。救急車に乗せられると、衛生兵に「気分はどう？　どうしたんだい？」と聞かれた。

私はあえぎながら「息ができない」と答えた。肺が、ガスと血液で充満していることに気づいてもらえた。肺が破裂して呼吸困難に陥るのは時間の問題だったので、彼らは、針でさらに圧迫しようとしたが、遅すぎた。

両肺に、大きなスパイク付きチューブを二本、挿入しなければならなかった。片腕を上げ、左脇腹を深く刺されたのを覚えている。こうすることで、肺から血液を抜くのだ。左上側も同じように刺された。そうすると突然、血液が排出され、ゆっくりとだが、自分の呼吸がほぼ通常に戻るのがわかった。呼吸ができるようになることが何より大事だと思っていたので、この処置は一番の救いとなった！

十五分から二十分ほどで救急車は停車し、ストレッチャーに乗せられて野戦病院に運ばれた。到着して一番印象に残っているのは、外科医、医師、看護師の誰かが英語で「彼はもうダメだ！」と言ったのを聞いたことだ。おそらく、私がイギリス人だと気づかなかったのだろう。あるいは、ウクライナ人が理解できないように英語で言ったのかもしれない。でも、残念ながら私はその発言を理解してしまった。慰めにはならなかった。

撃たれてから一時間二十分ほど起きていたけれど、まだ生きていたし、意識は完全にあった。ただ、痛みは続いていた。

手術台に乗ったのを覚えている。とても現実のこととは思えなかった。医者が私の頭の先で話していて、手術台が、明るい光で照らされている。看護師が「空気を入れますね」と言った。それから、私の服はすべて切られていった。彼らはひどく興奮しているように見えたが、理論的に、日頃から行っていることのように整然としていた。混乱していてまとまりもないが、結果的にうまくいっている、と言うべきだろう。

顔に人工呼吸器を装着させられると、これは、私が見る最後の光景だと思った。そう思ったのは、今晩になって二度目のことだ。もう目覚めることはないだろう。この状況を受け入れ運命に身を委ねようと思った。死にかけているのを感じた時、物事の見通しがつくと聞いたことがあるからだ。

私は、重傷を負っていた。右手は使えない、腕はズタズタ、そして、肩はひどく損傷していた。左上腕は折れ、右足に榴散弾を受けていた。膝の神経を損傷し、腹部も榴散弾で負傷していた。胴体、背骨、鎖骨に大きな破片が見つかった。約二十個の破片が摘出された。両肺は衰弱し、血が充満した。「ああ、神様……私は生きられるのでしょうか?」

どうにか死を免れた。私には、もっと大きな目的があると今でも信じている。わが人生には、果たさなければならないもう一つの目的がある。全力で自由のために戦いを続けるために、生き残らなければならないのだ。

二〇二三年一一月

一一月のことはあまり覚えていない。私は痛みに苦しみ続け、右腕の治療のためにさまざまな手術を受けた。モルヒネなどの薬剤を、徹底的に投与された。

この戦争で、肺には二ヵ所の穴を開けられ、手足のあちこちに大きな傷を負った。イギリス陸軍では、このような事態を想定して訓練を受けていたし、部隊として協力し合うことも知っていた。戦友たちはどうしているのだろう。気がかりだった。シュムの腕のケガが完治したことは、後から知った。

体から摘出された三つの破片は、ベッドの横のガラス瓶に収められている。まだ生きている喜びと感謝の気持ちをかみしめる。絶望的な状態であっても、救出してもらい、前線から病院に運ばれたのだから私は幸運だ。かなりの重傷だったため、衛生兵は、私が右腕を失い、助からないのではないかと心配していたのだそうだ。

最初は、運命によって残酷な仕打ちを受けたのだと思った。イギリスを離れ、ウクライナに来たのは、最前線で戦いたかったからではない。人道的側面から支援し、民間人部隊に、わが身と自分たちの村を安全に守る方法を教えるためだった。最初は、人道的な仕事をすることに喜びを感じていた。戦闘に投入される前に、非戦闘員の部隊を訓練をすることになった。その直後、私の旅団は奥地の偵察活動中に激しい銃撃を受けた。皮肉なことに、私は銃弾や砲火を浴びせられ、侵略者であるロシア軍とのおぞましい戦いの中で、足に爆撃を受けた犠牲者だ。

多くの人が、私のことを戦争の英雄と呼び、特にメディアは、「ランボー」と呼ぶが、私たちは自由な状態で生き延び、繁栄するために生きているのだから、現実的な感じがしない。これは私の戦いであり、また、快適に過ごせるイギリスを離れ、あらゆるリスクをとりながら、ウクライナ人が自由を勝ち取るために戦うのを支援し、手をさしのべる本当の理由だった。

その善悪にかかわらず、立ち上がって人生に突きつけられたものに立ち向かわなければならない時がある。私は、勇敢さをたたえられて勲章を授与されたが、ウクライナに来たことに後悔はない。Ｆａｃｅｂｏｏｋの自分のページに、ウクライナ国旗の画像を貼り付け、募金に五ポンドを投じるだけで、戦争を傍観しているわけにはいかなかった。そんなことをして何になる？　人々を救えるスキルがあるにもかかわらず、家でぼーっとしているなんて、人間としてどうなのか？

私の父が、すばらしい模範だ。そのように思うのは、私が少年時代、そして大人になってから、他人ができないと言ったことをやろうとする父の決意をしっかりと目に焼き付け、覚えているからだ。医師から「もう歩けないかもしれない」と宣告された時もそうで、当然のように、私はその宣告に逆らって歩いた。

逆境や困難の中でも、毅然とした姿でいることをわが人生から学べた。そのことを、神に感謝している。内なる強さは私にとって救いとなり、これから先、長く続くリハビリ生活への備えとなる。私のたくましさが、他人の目にはシルベスター・スタローン演じる「ランボー」のように見え、そのまま私のニックネームになったのだろう。

私は、ロシア軍から浴びせられた爆弾と銃弾の雨の中を生き延びた。ウクライナや、わが「バンド・オブ・ブラザーズ」を離れることに多少の悲しさを感じたものの、私はイギリスへ帰国し、再建手術を受けることを心待ちにしていた。

二〇二二年一二月

ウクライナでの十二月は、「テイク・ミー・ホーム作戦（私の帰国作戦）」が進行中で、落ち着かない日々が続いた。帰国するかどうか、ではなく、いつ帰国するか、だった。ウクライナは官僚主義体質で、どんな些細な書類や内容にも、公式の青いスタンプが必要なのだ。

帰国　オデーサ→ジェシュフ（ポーランド）→ドイツ→ブリストル（イギリス）

BBCの記者であるエマ・ヴァーディーが帰国を手助けしてくれて、「BBCワールドニュース」という番組内の『ウクライナ戦争に参加するイギリス人』というコーナーで、私を取り上げてくれた。

オデーサの病院では何度も手術を受け、一日に二、三度行われることもあった。麻酔と鎮痛剤が常に投与され、麻薬中毒者になった気分だ。

合併症をいくつも経験した後、リアクトエイドのユーウェン・キャメロンとクレイグ・ボースウィックが、オデーサの病院にやってきた。

ウクライナ航空救難団が帰国に際して、私たちを飛行機に乗せてくれることになっていたが、まずはウクライナの国境を越えてポーランドのジェシュフまで行かなければ飛行機に乗れないという、いささか信じられないような話だった。ジェシュフ＝ヤションカ空港は、ウクライナの市民、NGO、政府支援者への医療援助品や、武器、物資を届けるために積み替えが行われるハブ空港となっている。空輸で到着した武器や医薬品は、ポーランドとウクライナの国境をトラックで越えて、ウクライナへと運ばれるのだ。

空港で、エマ・ヴァーディーとカメラクルーに会った。二人は、飛行機を待っている間に休める場所を探してくれた。

救助機が到着すると、イギリスからの戦闘衛生兵の装備が降ろされ、できるだけ多くの人々を助けるために前線に送られた。私のパートナーのヘレンと、ヘレンの連れ子は民間機に、私とユーウェン、衛生兵とエマは、ウクライナの航空救難機に乗り込んだ。途中、ドイツで給油をすませ、その後イギリスのブリストル空港に着陸した。

私の帰国作戦が進められる中、航空救難団が、十八人の小児がん患児をウクライナから避難させることに成功したことを知った。

本章を執筆している時点で、戦争での負傷から数ヵ月が経っている。救助機でイギリスに渡り、ブリストルのサウスミード病院内にあるノースブリストルNHSトラストで再建手術を受けるために入院した。

外科医は私の治療に当たり、足の親指を、片方の指から再建したり、また、脚の動脈を前腕の下の動脈へ再建したりしようとしていた。さらに、肩を再建し、右脚の可動性を高めようとした。人生の中から、おかしな部分を見つけることは何より楽しい。そうでもしないと、気が変になってしまいそうだ。すでにランボーと呼ばれているわけだし、医師たちが私の体を再建するというのなら、ランボーからロボコップになってもいいいんじゃないかな。

内面が強く、たくましいなら、私がウクライナに戻って戦争に貢献する決意を固めたことを理解できるはずだ。立ち上がって走り出し、現場に戻って、できる限りの手助けをしたい。私のことを「頭がおかしい」とか無責任とか言う人もいるかもしれないが、こうなってしまっても、また、すぐにでも、ウクライナ人のためにできることを、もう一度、やりたいと思っているのだ。

リアクトエイドの使命

この章では、リアクトエイドの創設者であるユーウェン・キャメロンと、衛生兵のトレーナーで元銃器のスペシャリストであるクレイグ・ボースウィックによるシャリーフの救出劇を紹介しよう。シャリーフが無事にイギリスへ帰国するために、二人がどのようなリスクを冒したかを書いていくと、一冊の本ができあがるほどだ。

私、ユーウェン・キャメロンは、二〇二二年三月に、ロシアによるウクライナ侵攻が始まったことをきっかけに、リアクトエイドを設立した。当初は、ウクライナに物資や医療品を輸送していた。そこから人道支援活動へと手を広げ、ウクライナ航空救難団とチームを組んでシャリーフの帰国便を手配するなど、ウクライナのあらゆる地域で支援活動をしている。

私たちは、ウクライナの病院と現場の衛生兵に必要不可欠な物資を届けることに着手した。その後、避難支援へと移行した。シャリーフを助けることができて、光栄だ。私たちはこれまでに何百人もの人々を安全な土地に避難させ、何千人もの人々に、医療支援や人道支援を行ってきた。だが、それは一般の皆さまからの寄付があるからこそ、できる支援だ。

さらに、私は認定衛生兵になるための訓練を受けた。プレホスピタルケア、つまり、現場で救急患者への医療処置を行えるようにするためだ。また、ポーランドのパイロットと協力し、EU各国やイギリスへ、難民の輸送も行っている。

ウクライナでの活動は、戦禍を生きる人々を助けるだけでなく、民主的で自由な社会で、わが子や、他の人々の子どもたちの未来に手をさしのべることだと考えている。

リアクトエイドは人道支援団体であり、ボランティアとして滞在する勇敢な人々を助けている。また、サプライ・チェーンや物流を通じて、中身の詰まったバックパックを世界中の紛争地に届けることを目指している。中身は、受け取った人々が希望した品々が詰められており、現在は、ウクライナで広く需要がある。

時が経つにつれ、われわれは、ウクライナの病院や医師たちに必要な医薬品を供給する、医療専門家のチームと協力するようになった。物資を持っていない人たちに、食料、水、その他の必需品を届ける活動も続けている。

人生には、人を結びつける魅力的な面がある。はかなく見える時もあるが、「本当の」理由が明らかになることが多い。

ロブ・パックスマンは、私とシャリーフ、両方のことを知っている中年の男だ。PSSを経営しており、その縁でシャリーフと知り合ったらしく、彼がウクライナへ向かう前まで一緒に働いていたそうだ。ロブは、シャリーフのこと、ウクライナの最前線で彼が重傷を負った話など、すべて話してくれた。

ロブからシャリーフの窮状を知らされて、彼の帰国を手助けすることになった。彼のケガの具合は、ウクライナで対処できる範囲をはるかに超えていた。抗生物質も、物資も、専門知識も、設備も限られていたからだ。シャリーフが負った傷の具合や置かれている状況を考えると、まさに私たちがやりたいと思ってきた支援ができそうで、何としても帰国させてあげたい、という気持ちに火がついた。

クレイグ・ボースウィックとはSNSで知り合い、そこでやりとりしていてとても親しくなった。当時、クレイグは自分の仕事をし、リアクトエイドは彼らの活動に注目していた。やりとりを続ける中で、次第に、医療救助を担うという考えが浮かんできた。リアクトエイドに、シャリーフが帰国する際の支援要請があった時、課題の多い救助になるゆえ、クレイグに手伝ってほしいと思った。

迷うことなく、クレイグと私は計画を立てた。警察や山岳救助隊への銃器訓練や、敵対的で過酷な環境で外傷を受けた時の医療支援を行うなど、私たちには豊富な経験と専門知識があるし、リアクトエイドなら、自分たちが従事する救助活動に対して、すばらしいサービスを提供し、成功率も保証できる。クレイグは開戦直後からウクライナに滞在し、軍の指導に携わる前は衛生兵として活動していた。リヴィウの軍事基地では、事態対処医療の訓練に携わっていた。正規軍、領土軍、民間防衛軍、特殊防衛軍には元米軍特殊部隊の指導とともに、事態対処医療を教えた。V

四十医療大隊の準備も担当したのだ。

事態対処医療は、危険を伴う環境で行われるため、実施する方法も特殊だ。開戦当初、ウクライナ軍はロシア軍を撃退し、キーウやブチャなど、戦闘が起きていた町や都市からロシア軍を撤退させた。多くの家屋が甚大な被害を受けていたため、ウクライナ軍は、家々を回って負傷者やロシア軍の人間がいるかどうかを確認しなければならなかった。

関係者は、衛生兵になるために必要なことを学ばなければならなかった。ここでの関係者、とりわけボランティアとして集まった医療大隊のメンバーは、医師、歯科医、看護師、獣医、救急隊員で構成されていたことを忘れてはならない。彼らには、医療経験はあったが、戦争での特殊な外傷や、建物を移動しながら銃器を使用するというような、さまざまな戦術を使った医療経験はなかった。そこで、私たちの知識と専門技術を駆使して、彼らに事態対処医療を教えた。建物を安全に通り抜け、撤退する方法を伝えた。当時は、多くの死傷者が出ていたので、施設内のどの場所で死傷者に対処すればいいのか、場所の設定方法も伝授した。

問題は、シャリーフがイギリスに戻るために必要な医療支援について、明確に洗い出さなければならない点だった。もう一つ、ウクライナの奥地まで行かなければならないことが判明しており、つまり、「手探りでやってみる」ことが引っかかっていた。これ以上、遠くに進めない。そこは、オデーサのはずれから、ロシア占領地が見える場所だったのだから！　クレイグが任務を理解したところで、やってみたいかどうかを尋ねた。彼は、「イエス」と答えた。

私たちは、すばらしい計画を立てた。ただ、最善の計画を立てたけれど……今回のような、展開の早い戦争では、他のことも全部そうだが、事態は急速に変化し、すばやい適応が求められる。当初の計画では、われわれはクラクフで落ち合い、救急車を手配しオデーサへ向かうことになっていた。最長でも十四時間かかる見込みだが、当時、一二月一七日頃のウクライナは冬本番で雪深く、道路は整備されていないことを頭に入れておかなければならなかった。東や南に行けば行くほど、砲撃や爆撃の影響で道路は傷んでいた。オデーサまでの危険な長距離ドライブには、特に楽しみはない。オデーサはまだ爆撃が激しく、その影響から行き帰りに足止めを食らう可能性があることも忘れてはならなかった。

もう一つ、最大の懸念は、シャリーフを救急車の後ろに乗せて十四時間かけて戻るのは、重傷を負った彼にとって望ましくないことだった。

まずはウクライナに向かうためにポーランドのクラクフに飛ぶことになった。外務省やウクライナ航空救難団と連絡を取り、必要な書類がすべて揃っていることを確認するなど、入念な計画を立てた。その後、クレイグが最初にクラクフに到着。私は翌日の夜十時頃にクラクフに到着した。

時間を無駄にできなかったので、約六十センチメートルの積雪に埋もれた救急車を使うことにした！　ご想像の通り、凍てつくように寒い雪の中に駐車していたため、エンジンはかからなかったが、しばらくして、偶然会った人のおかげでエンジンを復活させることができた。私たちは車を走らせ、リヴィウ方面を目指し、高速道路を先へ進んだ。到着は朝の四時になるとわかっていたので、ポーランドとウクライナの国境にあるメディカという村で、一泊する計画を立てた。

救助の任務は、多くの困難がつきものだ。シャリーフの場合も、問題は山積みだった。マイナス七、八度に突入し、挑戦はさらに過酷なものとなった。氷点下の気温では、何もかもが凍ってしまう。具体的には、窓に汚れがつくのを防ぐのが難しく、とりわけ、道路から跳ね上げた泥はすべて取り除かなければならなかった。ほんの二十五キロメートル走ったところで、ガソリンスタンドだと思われるところに立ち寄ったが、そうではなかった。水があれば助かると思ったが、それもダメ。水もまた凍ってしまうのだ。それでも、私たちは状況に応じて最善を尽くした。

燃料が必要だったので、さらに数キロメートル走った。忘れもしない、四十四キロメートルの旅。エンジンを切り、ガソリンスタンドへ向かった。救急車は走っていたのだから、車のバッテリーは充電できているのだ、という事実に気づき、穏やかな気分になった。燃料を満タンにしてコーヒーを飲み、救急車に戻ると、何と、何と、救急車が動かない。私たちの前で、救急車が息絶えてしまったのだ！

幸運なことに、偶然、義勇軍に志願しに行くイギリス人兵士数人と遭遇したのだ。彼らが、バッテリーを充電するブースターケーブルを持っていたので試してみたが、残念ながらうまくいかなかった。もっと大きな車に乗った一般市民を呼び止め、彼らの車を、救急車として動かすことができればと願ったが、無駄だった。この時点で、日曜日の早朝になっていた。自分たちがいる地点はどこなのか、わかっていた。文字通り、人里離れた場所にいたのだ！

私たちはまだポーランドにいて、夜中の気温は氷点下になり、まだ先は遠く、理想的な状況とはかけ離れており、計画通りに進めていなかった。この経験から、不測の事態に備えた計画を立てる、という教訓を得た。

多くの人は諦めていただろうが、私たちは筋金入りのスコットランド人だ。諦めるという選択肢はない！　ただ、あまりにも問題が大きすぎる。さらにコーヒーを飲み、次の段階を考えることにした。すると、ウクライナの国旗を窓に掲げた、四台のSUVの部隊がさっとやってきた。まず思ったのが、「この人たち、英語が話せるといいのに」ということだ。

車に乗っていたのはイギリスに住むウクライナ人で、第九十三旅団にこの車を届けているという。運転手が、ポーランド国境を越えてウクライナへ入国することが禁じられていたため、ウクライナ人女性が国境を越えてこれらの車両を受け取りに来るというのだ。

この人たちが救急車を整備してくれることになったが、結局、私たちはこの救急車を回収してくれるトラックを手配しなければならなかった。でも、私たちまでメディカへ運んでもらえるわけではない。最終的に、私たちは救急車を手放し、次にどう動くかを考えることにした。

第九十三旅団を支援する人々のおかげで、私たちはウクライナの国境に到着した。車で送ってもらい、午前六時にようやく到着したのだ。ウクライナ人が用意した隠れ家に案内された。とてもありがたい。私たちを助けてくれて、一晩、いや数時間いられる部屋を用意してくれたのだ！

私たちは幸運にも、計画を練り、調整する機会が得られた。結局のところ、時間的な制約がネックになった。なぜなら、私たちはウクライナ航空救難団が手配した飛行機でイギリスへ向かうため、飛行機の時間を調整しなければならなかったからだ。乗務員はその頃、ドイツのケルンにいて、私たちの指示を待っていた。クレイグは一時間ほど頭を下げ続け、その間に、私は国境を越えてウクライナに入国するため、救急車を手配しようとしていた。

ポーランドからウクライナへ、百キログラムの装備やら荷物やらをもって国境を越えるのは並大抵のことではなかった。今、私たちの経験していることは何もかも、どこからどう見ても、緊張感であふれていた。ウクライナへの入国時は、相当びくびくしたものだったが、その逆、つまり、ウクライナを出国するとなると、話はまた別だ。

何とか、クレイグの知人に国境まで迎えに来てもらい、リヴィウ方面を目指す計画を立てた。行く先々では、絶えず、ウクライナの人々から感謝され、広い心で受け入れられた。しかも、別のホテルでは、知り合いが支払いをもってくれて、リフレッシュして食事ができた。その一方で、リヴィウから、シャリーフが待つオデーサへ行くにはどのような選択肢があるかを探り、多くの決断を下さなければならなくなった。シャリーフを車に乗せた後は、全員で国境を越えてポーランドに戻ってこられるように、多くの時間を割いて、救急車の手配を進めた。

私たちは、すべての装備を担いでクレイグの知人が待つ国境へと向かう。一方、クレイグは国境を越えた後、そこからリヴィウへ向かう送迎車を、別途、手配してくれた。今回、私たちを助けてくれるのは、ウクライナで活動する治安組織だ。彼らは、アメリカの上院議員を国境のある地点で降ろし、それから、同じく国境付近のメディカまで私たちを迎えに来て、リヴィウへ送ってくれた。親切なことに、その晩宿泊するホテルの手配もしてくれた。

車中で聞いた話だが、オデーサ行きの夜行列車があるのだそうだ。ネットで調べたが、その夜の列車は見つからなかった。その頃には、もう疲労困憊だった。ほぼ二日間、睡眠もまともな食事もしていなかったのだから。ところが、まるで魔法にかかったかのように、その夜のオデーサ発の列車を発見した。もうホテルで頭を冷やすのはやめて、駅に直行し、列車に乗ろうということになった。

タクシーで駅まで行けば簡単だと思うだろう。だが、それは違う。またしても頭痛の種ができた。駅まで二十五分ほどの距離があるのに、タクシーは想定内の時間に来なかったのだ。配車を依頼した時には、駅に到着してからも、列車の出発時刻まで三十分待てるほどの余裕をもっていたのに、タクシーが来ないせいで、ストレスのたまる状況を新たに作ってしまった。ようやくタクシーが現れたのは、列車の出発時刻の三十分前だった。

大量の荷物があるので、タクシーに飛び乗る、なんていう簡単な話ではすまなかった。積み込む荷物を選び、整理していると、どこからか、酔っ払った女性が現れ、タクシーは自分のものだと言い出したのだ！　もちろん、私たちはこのタクシーを巡ってとんちんかんな会話を繰り広げたが、すぐに、彼女が譲る気などさらさらない、ということに気づいた！　とはいえ、もしこの列車に乗り遅れたら、もう一日、到着が遅れることになる。われわれを乗せる飛行機が待っているという時間的な制約を考えると、まずい状況だ。オデーサまで往復十四時間、それに、シャリーフを迎えに行く時間も考えなければならない……。

列車の出発まであと二十三分というところで、何とか別のタクシーを拾った。タクシーの運転手は愛想がよく、私たちが、ウクライナのためにとった行動すべてに感謝の気持ちを示してくれた。あちこちにある障害物を避けながらの運転はすさまじかったが、列車の出発に間に合うように、駅に送り届けようとする決意が感じられた。

ついに、駅に到着した。車から荷物を下ろし、チケットをひっつかむとATMを探した。タクシー代を支払わなければならないが、持ち金がなかったからだ。だが、運転手は、私たちの言葉をまったく聞き入れることなく、白熱したドライブを、無料でプレゼントしてくれた。

私たちは、持てるだけの荷物を持って（全部で百キログラムの重さがある）、オデーサ行きの列車を探しながら駅を駆け回った。ようやく列車に乗り込んだが、厳しい顔つきの女性車掌から、列車を降りるように言い渡された。車掌は、スマホに入っているチケットを見せてくれと言った。息を切らしつつ、チケットを見せた。その一方で、私はこう思った。このままいくと、心臓発作を起こしそうだな。それに、またもや厄介な状況に立たされちまったな。いったい、いつになったら一息つけるんだ？

車掌は、そんなことなどお構いなし……私たちに向かって、ウクライナ語で叫び始めたが、理解できなかった。クレイグは彼女にこう伝えた。「どんなに大声で叫ばれたって、言ってることはわからないって！」

運よく、私たちの隣にいたウクライナ人の若い女の子が、完璧な英語で内容を伝えてくれた。彼女は、ボーイフレンドに会うためにオデーサに行く途中だそうだ。闘牛士のように叫ぶこの女性車掌は、男性の警備員を連れてきていたので、われわれは、電車から投げ出されるんじゃないかと思ってちょっと怖かったんだ。

幸いにも、数回のやりとりを重ねるうちに、事態は落ち着いてきたようだ。何でもないふうにしていれば、雰囲気は明るくなる。私たちは気持ちを静め、さっさとオデーサに向かった。

列車でウクライナを移動するのは、危険がいっぱいだ。鉄道の駅は、ロシア軍の標的にされやすい。私たちが通過した都市のうち、爆撃の危機にさらされているところもあるし、通過中に攻撃された都市もあった。私たちは、イギリスのパスポートを持っていたので、比較的安全に通過できた。医療バッジを見せた時には特に、身の危険は感じずにすんだ。

ようやく、オデーサに着いた。約一時間前に爆撃を受けたそうだ。オデーサ全体が暗闇で、電気も水も使えない。駅で、イギリスでの訓練から帰国したウクライナの特殊部隊に遭遇した。街はひどい有様だ。そして、私たちは、これからまだ病院に向かわなければならなかった。

ウクライナで、シャリーフと同じ部隊に所属していた友人と、駅で落ち合った。車で、ホテルや基地、そして装備や荷物を出す場所にも連れて行ってもらったここでようやくシャリーフに会いに行けることになった。彼とは数週間、オンラインでやりとりしていたので、すでに絆を深めていた。

先にも述べたが、われわれは、救助の一環としてウクライナ航空救難団からシャリーフが移動するための飛行機を調達した。運よく、要請を受け入れてもらえたのだ。飛行機は、ケルン・ボン空港で待機しており、ポーランドから国境を越えてウクライナに入国したというわれわれからの知らせを受け、迎えに来てくれた。自家用機を頼むと高くつく。シャリーフが、航空機の費用を支払う可能性を調べてみたが、彼が置かれている状況や、ウクライナでの滞在期間を考えると、自家用機を自費で頼むという選択肢はなかった。リアクトエイドは、先に、任務にかかる費用を重視するわけではない。重傷を負ったシャリーフが必要な治療を受けられるように、できるだけ安全にウクライナから連れ出すことを目指していたのだ。

やっとのことで、シャリーフに対面できたよ！　ほっとしたな！　だが、当然のことながら、いつでも順風満帆に救助ができるわけではなく、今回もすんなりとはいかなかった。私たちが病院を出ようとしたところで、現地の医師たちが計画を妨害したのだ。シャリーフは軍の病院に入院していたので、退院許可のための公的書類が必要だった。剥離紙に押されていた、かの有名な「青いスタンプ」が消えていたので、退院させるという選択肢はないと言われた。もちろん、戸惑った。だって、救助については何週間も話し合っていたのだから。いきなり現れて「よし、そろそろ出発の時間だ」と言ったわけではないのだから。

私たちは、必死になって彼の医療チームや軍司令官、外務省に電話をかけ、今の状況を伝えた。六、七時間、かかったな。オデーサは爆撃のまっただ中にあり、病院が標的になることが多かったため、心配でたまらなくなってきた。こうしている間も、私たちはずっと、ボディー・アーマーを各自、身につけていたのだ。

途中で、シャリーフは傷口を洗浄する処置を受けた。彼は、感染症が続いており、敗血症の危険性が高まっていた。医療者は、ズタズタになった彼の腕を守るために、全力を尽くしていた。傷口を洗浄するのは適切な処置だ。そうすることによって、危険すぎる状況を回避し、安全に帰国できる可能性も高まるからだ。傷口を清潔にし、包帯を巻いたばかりの状態にしていれば、クレイグが投薬し、必要な治療を行うまでに、もう少し時間を稼げるはずだ。

もう一つ、ウクライナ軍に対するシャリーフの考え方と責任感が帰国の邪魔をした。彼は契約書にサインして、ウクライナ軍の下で働いていた。イギリスのパスポートを持っているのだから、騒ぎ立てずにさっさと動けばよかったのだが、シャリーフはそうしなかった。忠実な兵士であるがゆえに、心の中で、無断欠勤をしたとみなされ、持ち場から離脱したと思われたくなかったのだ。

病院であれこれ依頼をしてきたが、敵意を表すスタッフは誰一人としていなかった。それどころか、実際は真逆だった。シャリーフやイギリス政府が、ウクライナのためにしたことに感謝を示していたのだ。こうした細やかな気配りが感じられるその一方で、この頃、私たちはとんでもない大問題を抱えていた。彼の退院計画を練っている間にも、電話では、絶望的な会話が続いていたのだ。

医師と軍司令官から、政府関係者が書類手続きを承認したと伝えられたのは、午後四時三十分頃だった。キーウと連絡を取り、書類の準備はできているので必要なのは青いスタンプだけだと言われた。

ほっとしたのもつかの間、次は、身体検査のコピーがなければ出発できないことが発覚した。コピーの準備と発行には、二十四時間から三日かかることもあるというのだ。もう、そこまで待てない。もう、行かなければ。解決するには、厄介な難問に対処しなければならない。というのも、私たちは公式な書類なしで出発するのは避けたかったからだ。だが、もう選択肢はないように思えた。なぜなら、どうしてもシャリーフを救助機に乗せなければならないからだ。

検討を重ね、私たちは出発すべきだという結論に至った。リヴィウに向けて進み始めたとしても、まだウクライナ国内にいるわけで、うまくいけば書類は通るだろう。すでに、書類手続きに承認が出ているのだから、決行することにした。シャリーフを少し説得し、最終的には同意を得た。

この時点で、クレイグはシャリーフのX線写真を撮影していた。イギリスの病院から、シャリーフの到着時に備え、できるだけ多くの医療情報をとっておくように依頼があったからだ。私はX線写真を丸めて、ボディー・アーマーの下に入れた。

シャリーフは、心を穏やかに、落ち着いていられるように、いつも、手術と手術の合間に退院して休息をとっていたという。私たちは、このことを念頭に置きつつシャリーフをリヴィウのホテルに連れて行き、食事と休養をとる計画を立てた。ウクライナでの予後が悪く、イギリスで必要な治療を受けなければならないことはみんながわかっていたので、全員が、シャリーフにうなずいたりウィンクしたりして同意を示した。全員の意見は一致していたものの、病院が退院許可を出し、イギリスへ帰国させるのには青いスタンプがないとダメなことは理解していた。ウクライナでは、何をするにも公式の青いスタンプが必要で、これがなければ、たとえ深刻な状況だったとしても、誰も、どこへも行けないのだ。

ここで退院許可が出なければ、任務の遂行は危うい。私たちが二十四時間以内に青いスタンプ付きの書類を手に入れられるという保証はない。待っている時間もない。国境を越えれば飛行機が待っているのに。ここまでの情報が、私の肩に重くのしかかる。手配した飛行機に乗り、計画通りに救助する準備を行うのに、いくら費用がかかるのだろう。救出作戦が成功せず、大きな失望を抱えて失敗に終わるのではないかと不安になった。リアクトエイドを立ち上げてから、私は初めてそんな不安に駆られた。こういう悪夢を経験する準備などできていない。状況を、深く掘り下げて考えなければ。われわれは、危険な時代や状況の中で生きているから即決が当たり前になっていた。「リスク」は、私のミドルネームなのだ。

またしても、ストレスまみれの別の任務のことが頭をよぎった。車のサイドミラーが外れて落ちたり、エンジンが故障したり、特別な任務にはいろんな課題がつきものだったが、私たちは成功させてきたのだ。自分の決意を深く掘り下げ、シャリーフを助けるというこの任務で、もう一度、成功させてみせようと思った。

私は、シャリーフに車椅子に乗ってほしいと頼んだ。彼の手は半ばだらりと垂れ下がり、背中には爆弾の金属片でできた傷がいっぱいあり、脚や足首は、戦闘中に吹き飛ばされてひどく傷ついている。それなのに、彼は私の方を見て、きっぱりと断った。何があっても、胸を張って出て行くのだ、と。医者とシャリーフには、食事をとり、休息するために外出すると伝えていた。だが、当然、われわれはオデーサを出て、ポーランドの国境まで行かなければならないのだ。それは並大抵のことではなかった。

先にも述べたが、シャリーフは、休息のために敷地外に出ることをいつも通りのことだと思っていた。彼は、大佐に、そして大義や国に忠誠を尽くしており、その一方で、クレイグと私は、この任務で適切な医療を受けさせることだけしか考えていない。私たちはシャリーフに向き直ると、何があっても、どんな手段を使っても、私たちと一緒に帰国するんだと力強く訴えた。私たちは、兵士ごっこをするためにここにいるわけじゃない。これは私たちの仕事で、シャリーフをイギリスへ帰国させることだけを考えている。シャリーフは、うろたえながら私たちを見つめていた。

かなり率直な伝え方だったが、必要なことだ。「君は、体もボロボロだし、負傷した部分も裂けている。嘘偽りない忠誠心をもっているのはわかるが、君を、早く安全な場所に連れて行かなきゃならない。帰国して、元気にならなきゃ。それ以外のことは、忘れてほしい！」

シャリーフの顔には、動揺する気持ちが見て取れた。自分自身を守ること、脱走者とみなされること、そして彼が名誉のために命を捧げた大義を守ることとの間で葛藤していたからだろう。本気で苦しんでいるのがわかった。顔に、決意と忠誠心がにじみ出ていた。もし、彼の手に銃を持たせたら、もう一度、命をかけて前線に戻っていただろう。それでも、怒りや恨みはかけらも感じなかった。彼の中に息づく兵士としての自分が、自らの命を犠牲にしてでも、自由のために戦おうと奮い立たせていたのだ。人間のこのような姿を目の当たりにすることは、信じられないことであると同時に、非常に苛立たしいことでもある。

ここで、夕食を口実にシャリーフを連れ出すことに決めた。食事や休憩をとってもいいということで外出許可は出ているのだから、それはもっともな行動といえる。シャリーフが病院から出ている間の全責任は、私が負う、という名目で出かけたため、この取り決めは、みんなの負担を取り除くことのように思われた。ただ、彼の身に今起きている確かな真実を、全員が知っていた。つまり、この部屋には、現実を直視しない愚か者は一人もいない、ということだ。

シャリーフには、今晩は私たちと一緒にホテルに泊まって、ちょっとゆっくりしようかと声をかけ、病院での治療計画通りに処置をすると伝えた。大半の者がうなずき、訳知り顔でこう言った。「大丈夫、心配しないで。すべてうまくいくから」

病院を出ると、私たちは医療車両以外進入禁止の場所にいた。駅まで連れていってくれるタクシーを拾えるところまで、私たちはおよそ八百メートル歩かなければならなかった。すべての荷物とシャリーフの装備をひっさげ、歩くのがやっとの男を連れていた。しかも、爆撃の影響で辺りは真っ暗だ。挑戦だったと言っても過言ではないな！　身震いをするような状況だった。気温は相変わらず氷点下六度か七度ほどしかない。何とかシャリーフは足を引きずりながら進み、車が行き交う道路にたどり着いた。

ここからのエピソードを読めば、ウクライナ人の国民性がわかるだろう。私たちは、コーヒーを出してもらえる小さな屋台にやってきた。店主は、発電機を稼働させていた。軍服を着たシャリーフを見て、重傷を負っていることに気づいたようだ。私は、店主に近づき、Ｇｏｏｇｌｅ翻訳を使って会話を始めた。自分たちが何者で、今、何をしようとしているのか。駅へ連れて行ってくれるタクシーを探していると説明する。店主は、タクシーを手配してくれた。出発まで、時間は一時間しかなかったが、駅までの所要時間は五分ほどだったので、プレッシャーは感じなかった。

ところが、タクシーは一向に現れず、時間だけが過ぎていった。列車の出発時間がだんだん近づいてくる。主人は、配車依頼の電話をかけようとしていた。しまいには、道路の先へ走っていって、私たちを駅まで連れて行ってくれる人はいないか、市民に声をかけて回ったのだ。

一人の男が、車で屋台まで乗り付けてきたのが見えた。車の大きさを見て、私たち三人と荷物をどうやって載せようかと悩んだ。ただ、はっきり言ってこの時点では気にしていなかった。何とか、うまくいく方法が見つかるだろうと思っていた。男は、車から降りて鍵を手に、トランクを開けようとした……だが、トランクは開かない。数分後、ドライバーで車にロックをかけ、力を振り絞ってトランクを開けようとした。何があろうと、この男は時間に間に合うように私たちを駅まで連れて行ってくれようとしていた。この出来事は、ウクライナ人が、たとえ見知らぬ人であっても、相手がとても困っていたら、助けようとして世話を焼く、という典型的な話だ。

この男の車にすべてを積み込もうと悪戦苦闘していると、タクシーが現れた。私たちはしきりにこの男に感謝しながら、タクシーに乗り込んだ。いつの間にか、もう物珍しくも何ともない状況にはまっていることに気づき、私たちは、残り五分で駅へと急いだ。

ここまで読めば、私たちの任務と救助作戦が、一筋縄ではいかなかったことがわかるだろう。だが、さらに厄介だったのは、シャリーフのパートナーのヘレンとその息子を、彼と一緒にウクライナからイギリスへ無事に送り届けることを約束していたことだ。ヘレンと連れ子は、民間機で移動することになった。というのも、健常者は小さな救難機には乗れないからだ。私たちは、オデーサ駅でヘレンと息子に会ったのだが、彼女は今、起きていることを知らなかった。私たちは、何もかも、即決しなければならなかったので、計画はその都度、ころころと変わっていった。今では、ヘレンと、彼女の連れ子のことも追加で考えなければならなくなった。人数が増えれば、普段、リアクトエイドが行っている救助よりも格段に難しいものとなった。われわれは、負傷兵やケガを負った民間人の救助には慣れているが、健常者の救助には慣れていない。ただ、私たちには集中しなければならない目標が一つ、ある。飛行機に乗るという目標だ。

シャリーフと会話を続けたのは、彼が、できるだけ長く落ち着いた状態のまま、私たちの計画に同意させておかなければならなかったからだ。リヴィウに着けば、目的地までわずか数百キロメートルの地点にたどり着いたということだ。ただ、すべてに予想以上に時間がかかったため、飛行機の離陸を二十四時間遅らせてほしいと電話をかけた。航空救難団や外務省と電話会議を行い、今の状態を、最新情報として更新し続ける。最終的に、私たちの要求は承認されたと知り、ほっとした。飛行機がケルンを発つのは明日になる。これは、飛行機が遅延した時の唯一の手段であり、シャリーフを、クリスマス前にイギリスに帰国させる一度きりのチャンスだった。

この時点で、これまでのシャリーフの体験を撮影したいと考えていた撮影スタッフや、BBCのジャーナリスト、エマ・ヴァーディーに話をした。クレイグは、BBCの撮影ではなく、シャリーフの体調管理や、彼に必要な医療処置に取り組みたいと思っていた。だが、エマ・ヴァーディーは人柄もよく、何とか彼女の言い分も聞いてあげたいと思っていた。とはいえ、彼女自身も状況を理解し、邪魔をするどころか、大きな助けになったのだ。

クレイグには、シャリーフの体につながれた排管を点検、交換し、他にも医学的な観察を行う時間があった。食べ物をつまむ時間も、少しはあった。シャリーフには、できるだけ長く、活力を維持するための栄養が必要だった。この先、私たちには長く困難な旅が待ち受けていたのだ。

やっとのことで、客室の三つ付いた、リヴィウ行きの列車に乗った。ヘレンと彼女の連れ子が一部屋、シャリーフとクレイグでもう一つの部屋、そして、最後の一部屋が私だった。夜行列車には充電ポータルがあり、予備のバッテリーパックも充電できたので、スマホの充電を心配しなくてもいいのはよかった。

快適な旅とは言えなかった。三時間ごとにシャリーフを注意して観察しなければならず、かなりの痛みに耐えていた彼にとって、列車の揺れや衝撃は試練となった。シャリーフに、医療キットでの処置が必要になると、不安になり、あまり眠れなかったし、クレイグも眠れなかったと思う。それでも、少なくとも私たちは目的地へと進んでいたのだ。

結局、午前九時頃にリヴィウに到着し、ホテルへ直行した。少なくとも一息つく時間はあるだろう。私は、航空救難団と対面したが、今夜、国境を越えると断言された。要求も、少し多すぎる気がした。彼らの説明によると、シャリーフが何らかの理由で国境を越えられないなら、飛行機はケルンから離陸しないという。無駄な飛行になってしまうからだ。そういうわけで、私たちは再び行動を起こし、計画を変更することにした。

正式な書類がまだ届いていないせいで、状況は緊迫した。つまり、私たちがリスクを負わなければならないということだ。

そんな中、ヘレンと連れ子が、マクドナルドに行きたいと言ってきた。そんな時間、あるわけないじゃないか！　どうでもいいことに時間を無駄にできるわけがなく、シャリーフを飛行機に乗せなきゃならないんだよ！　私はシャリーフに向かって「ヘレンに伝えてほしい。私たちがここにいるのは、楽しい時間を過ごすためなんかじゃない、って」と告げた。幼い連れ子がマクドナルドでハンバーガーを食べたがる気持ちはわかるが、それは任務じゃないんだ。シャリーフはとても親切で、何か自分に運べるものはないかと何度も聞いてきた。彼は、ただ人助けをした、それだけなんだ。シャリーフに感謝の気持ちを伝え、よくやっているよと認めた。

やがて、私たちは駅に着いた。夜の九時頃だったので、民間人らしい服装をしていなければならなかった。装備を捨てなければならず、骨が折れた。私たちは医療キット、シャリーフの服と荷物、そしてヘレンと息子の服を持っていた。ヘレンは私たちの計画を知らなかったので、シャリーフにあれこれ求めていたが、それは一つも叶わないことがわかっていた。私たちは、みんなを座らせ、ゆったりと過ごしてもらいたいと思っていた。だが、私たちはここで、情熱にあふれた恋人たち二人と同席することになってしまった。しかも救助の真っ最中なのに！　こんな状況になるなんて、思ってもみなかった。しかも、それは当初の任務には含まれていなかったのに！

先にも述べたが、リアクトエイドが担う作業には、健常者の移動は含まれておらず、私たちの仕事の一部でもない。つまり、これは問題だと気づいた。それは、ヘレン親子にもし何か問題が起きたら、自分で自分の面倒を見てもらわなくてはならない。戦争に関する状況が悪化した場合ではなく、病気になったりケガをしたり、もっと個人的な問題が起きた場合の話だ。私たちは、自分たちの目標から注意をそらすわけにはいかない。たとえば、私たちはシャリーフをウクライナからイギリスへ連れて行く任務についているわけで、ヘレン親子をホテルに連れて行ってやることはできない。救急車を呼べば、呼び出した場所から直接病院に運ばれる。途中でお客さんを乗せたり、好きなところで降ろしてやったりすることはない。私たちも、それと同じような状況下にいたのだ。

だが、人道的な側面から言えば、この状況と現実は、隣り合わせになっている。ヘレンの人生は一変し、ウクライナを離れて最近知り合った男性と異国の地に行くことになったのだから。それは、彼女の人生だけでなく、彼女の連れ子の人生も一変させたのだ。彼女はほぼ英語を話せなかったこともあり、感情を高ぶらせていた。

ヘレンが置かれた状況を思うと、実に胸が震えた。彼女はいつしか自分の気持ちがばらばらになってることに気づき、そしてすべてが刻々と、これまでに見たこともないものに変わっていき、国境を越えて、比較的安全な場所へ移ったと思ったら、飛行機でイギリスへ向かうのだから。彼女は強い性格なんだろうな。彼女は状況の重大さを理解し、困難を乗り越えたのだから。

結局、私たちは列車で国境へ向かった。私は、クレイグの前に座り、シャリーフと横並びになって外務省と電話で話をした。計画を立て、もし、何者かが列車に乗ってきて、シャリーフとともにいる私たちに対して難癖をつけてきたら、クレイグが介入して騒動を起こすことにした。その後、外務省やキーウの人々と電話で話をした。

明らかに空気は張り詰めていた。私たちが国境を越えたという知らせを、オフィスで何時間も待っている人たちがいるのはわかっている。こうした情報は、任務の間中、ずっと私の脳裏に刻み込まれていた。休息はなく、ただ過度の警戒が続いた。そして、私は認めなければならない。医師、コンサルタント、軍、そして「青いスタンプ」といった、あらゆる圧力のせいで、「私は、背伸びをしてしまったのだろうか」という思いが頭をよぎったことを。

クレイグと私は、自分たちの任務を達成すれば、それでもう十分だと思っていたため、ほとんど言葉をかわすことなく、理解し合っていた。私たちは、行動でチームワークの良さを実証しており、上下関係はない。みんながやるべき仕事に取り組んでいる。われわれの強みは、私たちの誰もが、個人的に実行できることよりも、はるかに重要な目的のために協力する専門家集団なのだ。

私たちはイギリスへ進み続けた。列車が、目的地でもないところで停まった時には、全員が、熱い炭火の上に座っているような感じだった。パスポートのチェックを始める職員も出てきて、みんなの顔から汗が滴り落ちるのが見えた。主に、少女や女性たちがチェックしていて、安全に国境を越えられるように公式スタンプを押してくれた。

二人の少女が私たちに近づいてきたので、私は、少女たちに気に入られたいという態度をとり、ユーモアを交えて彼女たちの気をそらし、緊張した状況の中で自分がリラックスできるようにした。油断ならない状況で、私にできることはそれしかなく、現実味もへったくれもなかった。怖じ気づかず、冷静でいることに全力を尽くす時間だった。その秘訣とは、どんなことがあっても、自分の使命を成功させることだけしか考えないことだ。

私たちは、シャリーフのイギリスのパスポートを使った。これは計画に織り込み済みで、彼は、脱走者として報告された実績などがなかったため、特に問題はなかった。二人の少女は、シャリーフがどれだけ衰弱しているかがわかったため、何度か、ハッと息を飲んだものの、彼が寝息を立てていても不思議がられることはなかった。

次に、イギリス政府が私たちをたたえ、どんなにすばらしい仕事をしているか伝えてくれた。その一方で、ヘレンは指から出血しており、うろたえていた。クレイグは、そんな彼女を見つめ、背を向けると、たいしたことないさ、と小声でつぶやいた。われわれはもっと緊急の患者を抱えていたのだ。シャリーフという、命に関わる重傷者が！　ここまでは問題なく来たが、国境に着くまでは無事とは言えなかった。

任務を遂行中だったが、喉から手が出るほど欲しい、青いスタンプを押した公文書を持っていなかった。リスクのある状態はまだ続いている。私たちは、ポーランドの国境へ向かっていた。道中で、最も危険なところだ。だが、もし私たちが検問所を通過して中間地帯に入れなければ、私たちは逮捕されてウクライナに立ち往生するか、脱走の罪、あるいは脱走者を幇助した罪で刑務所に送られるか、いずれかの罰を受ける。

窮地に立たされていた。書類上の手続きを取らないまま、何としても国境を越えなければならなかったし、シャリーフをイギリス行きの飛行機に乗せる機会を失うリスクもあった。オデーサの医師たちによると、もし間に合わなければシャリーフはおそらく腕を失うだろうと警告していた。

これまで、シャリーフは運がよかったのだ。病院側からすれば、患者を自宅療養させる方が、費用も時間もかからないわけで、もう、腕を切断していてもおかしくない容態なのだから。しかし、今回の救助活動のために、病院側はシャリーフの腕を切断しなくてすむよう、わずかな手持ち資金でできることを続けた。病院で鎮痛剤をもらったが、それでは足りず、医療パスを使い、薬局で買い足さなければならなかった。幸いなことに、ウクライナの医療従事者であれば、イギリスでは許可されていない、注射用の固形鎮痛剤を店頭で購入することができる。

不安定な状況の中で、私とクレイグは、シャリーフに対して、どうやってもやんわりと伝えられない事実があった。言うなら、今しかない。緊張が走った。もし飛行機に乗りそびれたら、シャリーフは、おそらく一月末までウクライナに残り、そうなると、腕を失うことになる、とはっきり伝えた。それは、紛れもない真実だ、と。私たちの関係が良好だったのはたまたま運が良かったからで、説得が難航しそうな場合には、念のためにクレイグを残して、私はシャリーフと二人だけで話をすることになるだろう。その時には、遠慮せずに話すことになるはずだ。だが、幸運にも、私たちはそういう状況に陥らずにすみ、ほっとした。

外務省と継続的にコミュニケーションをとっているうちに、ウクライナから出国するよう厳命された。これは、ロシア軍がごく近くにいて、安心できないからだ。最後に、シャリーフがイギリスのパスポートで行くか、残留して苦しむかどちらかだ、という言葉がとどめになった。ありがたいことに、シャリーフは私たちの説得を受け入れ、計画に従うと言った。だが、たとえかなり緻密な計画があったとしても、私たちが冒したリスクを、軽んじてはならない。まだ逮捕される可能性はあるのだ。

そこで、私たちはプランBを設定した。万が一、国境で止められて逮捕されても、シャリーフは何も言わず、クレイグがすべての話をするという計画で、合意に至った。それから、外務省に電話をした。外務省は、私たちの乗車している列車を把握している。キーウの担当者に連絡をとり、その後、外交問題が起きないよう、駐在武官に連絡を取るはずだ。

状況は、紛れもなく緊迫していて、現実離れしていて、まるで映画を見ているかのようだった。ただ、幸いにも、私たちはプランBを実行しなくてすんだ。ウクライナ国境を越えると、私たちは、中間地帯には立ち入らず、ポーランド当局の言うがままに進んだ。それは、リスクになる可能性はあったが、ウクライナ国境を越える時には及ばなかった。もし、問題があるなら、どこかの独房で苦しい日々を過ごしながら、外交官が、状況を整理するのも待つこともできた。

もう一つ、考えなければならなかったのは、BBCが、私たちの救出作戦の一部を撮影する予定だったことだ。だから、今は時間通りに目的地に着けるようにしなければならない。BBCの撮影クルーは、仕事の管理がかなり厳密で、時間の予約をし、厳守しなければならなかった。なのに、今、起こっていることの多くは、私たちの手に負えないものだった。そう、私たちは今、戦場にいるのだ。BBCには、あらゆることを整理する担当者がいて、私たちよりもはるかに経験豊富だ。また、長年にわたり、紛争地や被災地から報道してきた経験も多数ある。だが、私たちにとって、今回の状況は、一から十まで対応が難しく、とてつもないことばかりだった。記者のエマ・ヴァーディーは、とても落ち着きがあり、ゆったりとした雰囲気だったので、大いに助けられた。彼女は、報告書を作成するために、状況を見聞きし、把握し、話を聞き出すという仕事があったため、親しみやすい態度で接していた。演じているわけではなくただ、シャリーフを気遣い、思いやろうとする純粋な感情が表れただけだ。BBCのジャーナリストやスタッフの多くは、報道の仕事以上の任務をこなしているのだ。

エマは現場にいたので、私たちが困っている時に、適切な人材を速やかに、効率的な方法で紹介してくれた。

タクシーの手配はもちろん、私たちが休息し、気分転換できるような宿泊施設も探してくれた。費用はBBCがもつという。わずかに、安堵のため息がもれた。飛行機がケルンから離陸し、ウクライナ国境沿いのポーランド領に着陸して私たちを乗せ、イギリスへ帰れることがわかったからだ。エマは、シャリーフからの聞き取りを終え、クレイグと私に話しかけてきた。

エマは、翌日に私たちを飛行機の乗り場まで車に乗せていってくれる運転手を手配した。親切な対応に接し、私の祈りが通じたんだと思った。というのも、ウクライナの救助隊が、救急車を使うよう提案してくれたからだ。だが、いざ救急車が到着すると、救急隊員はシャリーフを見て、歩けるのなら救急車はいらないのではないか、と疑いの目を向けてきた！　どうやら重傷ながんの患児を十八人、同時に飛行機で移送しなければならず、子どもたちを安全な場所に運ぶために、救急車が必要だったそうだ。

私たちは、涙をこらえながら救助機が無事に着陸するのを見守った。ついに衛生兵、パイロットのマックスとヤニックからなる救助隊と対面した。この瞬間に向けて何週間もかけて準備をしていたので、感情が高ぶってくるのがはっきりと感じられた。魔法にかかったような瞬間だった。知らない者同士だったが、知らない誰かを救い出すという共通の目標で、私たちはみんな、結束していた。みんなで、大義のために仕事をすることで、状況がよくなっていることを実感していたのだ。

パイロットたちには、今や、新たなエネルギーがみなぎっていて、「良くやった！　あれだけのことがあったのに、ついに成功したなんて信じられないな！」と言われた。

ウクライナの真冬の厳しい寒さの中、およそ六十センチメートルの積雪をかきわけ、凍えるような状況で救助が行われたことも忘れてはならない。

いよいよ飛行機に乗り込むと、大きなプレッシャーから解放されて、次から次へと感動の波が押し寄せてきた。シャリーフは、私たちとともに小さなチャーター機で移動し、ヘレン親子は、シャリーフのかつての仲間であるソニーDが手配した民間航空機に乗った。エマと、カメラマンのバリーは、私たちに同行した。

これまでの経験をすべて振り返って、おかしいなと思ったのは、飛行機の中で私が満面の笑みを浮かべていたことだ。紆余曲折を経て困難な任務を達成したことをかみしめていると、自然に感じられる喜びだ。見事なチームワークのおかげで、肩の重荷が溶けて、顔ににじみ出た緊張がほぐれた。

イギリスに向かう途中、給油のためにケルンに立ち寄り、全員で飛行機を降りた。この時点で、シャリーフは具合が悪そうだったので心配になってきた。イギリスへの帰国途中で、ストレスが出始めていたのだ。いくつかの症状が出た場合に、やるべき対処法が書かれたメモを専門医からもらっていた。医療供給コーディネーターは、必要な機器や薬、追加で必要になったものを確保した。私は、イギリスへの帰国任務で衛生管理を引き受けていない。だが、「いざとなれば根性を取り戻そう」とする男なので、イギリスの大地に戻り、専門医に引き継ぐ時まで、彼が、小康状態、または比較的安定した状態を維持できるようにしていた。

だが、シャリーフの状態は悪化し始めた。敗血症にかかる可能性があった。いつも通り、彼の様子を観察し、血糖値、血圧、体温などを確認していると、安定し始めたのでとても安心した。

一方、クレイグは、銃器を確認する目的で飛行機に乗った警察官に話を聞いていた。クレイグは元拳銃所持警官（イギリスでは通常、拳銃を持たずに警棒しか持たないが、特別に拳銃所持を認められた警官のこと）なので、バッジについて、また、それ以外のことでも会話が弾んでいた。ほんと、クレイグって話し上手な人だな！

給油のためにドイツに上陸したせいで、想定外にセキュリティチェックを受けることになった。警察官から、銃器や武器を持っているかと聞かれ、私たちは「いいえ」と答えた。

だが、シャリーフは私たちの知らないところでズボンの中に大きなナイフを忍ばせていた。彼がそれを取り出した時、私たちは叫んだ。「な、なぜなんだ……!?」

「ああ、持っていたのを忘れてた」と、シャリーフ。

「ダメじゃないか!」クレイグも私も、シャリーフをたしなめた。

もちろん、私たちはナイフの件を隠してはおけなかった。それで、警察官がやってきて尋問が始まった。シャリーフは、ナイフが医療キットの一部であることを伝えると、「そうかもしれないが、手荷物にナイフは入れられないな。問題になるんだ!」とはねつけられた。

次にピーッ、ピーッ、ピーッという音が聞こえてきた。さらなる大問題が発生したのだ! 目を見開いた私たちは、次に聞こえてきた言葉に息を飲んだ。「爆発物を発見しました」

クレイグと私は、振り返って叫んだ。「シ、シャリーフ!?」

彼は戦場から来たことを説明したので、服の中に爆発物を保持していた形跡が見られたのは理解できる。警察官は、われわれの言い訳を受け止め、膨大な量の書類に目を通しているところだと言った。次に、私たちは何をすべきだろうか。そこへ、パイロットの一人、マックスが「もし、私のナイフだったとしたら、状況は変わってきますか?」と問いかけた。

すると、警察官は「うーん、あなたのナイフなら、パイロットですし問題ありませんね。あなたの飛行機内で何が起こっても、責任はあなたにあるんですから」と答えた。

マックスは、ためらうことなく自分のナイフだと警察官に告げた。警察官は、安堵の声をもらすと、マックスと私たちを振り返って、書類仕事に何時間も割かずにすんでよかった、と礼を言った。再び、私たちはさっさと飛行機に乗り込んだ。燃料を補給し、保安検査を通過したので、離陸できた。最後に、機内からすばらしい景色を眺めた。

パイロットの機転と優しさに、ほっとした気分になり、今の状況と、その対処法について話し合った。マックスの一言がなければ、私たちは、まだケルンに足止めされているはずだ。

数時間でブリストルに到着した。ついにイギリスへ戻ってきたのだ！　イギリスの日刊紙『ザ・サン』からは、シャリーフを最高の形でPRしたいと言われ、何だか違和感のある、複雑な気分になった。ただ、この状況は、私とクレイグにとって、まさしく利害の対立に直結するものだった。衛生兵であれば、患者を、安全に病院に運ぶ責任がある。私たちは、シャリーフを、一刻も早く、しかも安全に病院へ送り届けたいと願っていた。

結局、タクシーで病院に向かい、肩の荷が下りた。到着後、クレイグは看護師を呼びに行った。私たちは、荷物をすべてひっさげており、装備を含むすべての荷物を持ってシャリーフを連れて行くよりも、防弾チョッキを着せる方が簡単だと思ったからだ。看護師が出てくると、私たちを一瞥した。外に負傷兵がいると聞き、比喩的にそう言ったと思ったようだが、今、目の前に本物の負傷兵がいたってわけだ！　どこから来たのかと聞かれたので、「ウクライナのオデーサから」と答えたら、「まあ！」としか返ってこなかった。私たちはここに来るまで、この瞬間まで、休みなく、イギリスへの旅を続けてきたのだ。

青天の霹靂と、いう感じはあったが、病院側はシャリーフがイギリスに到着したことを知っていたはずだ。問題だったのは、正確な到着時刻を知らなかったこと。だが、ありがたいことに、コンサルタント、専門家、そして病棟は、彼を待っていた。ベッドも用意されていた。任務完了だ。シャリーフを救い、無事にブリストルの病院へ搬送した。ただ、リアクトエイドには、常に新しい任務があるのだ!

リアクトエイド、ならびに他の団体のURLは巻末を参照のこと。

第四部

戦地の女性たち

戦地の女性たち

ウクライナの女性たちをたたえずして、本書の執筆を終えるわけにはいかないと思っている。今、世界は何もかもがめまぐるしく変化している。ロシアの侵攻にみんながあえぐ中、女性たちがどれほど勇敢な行動をとり、リーダーシップを発揮してきたのか、別途、章を設けて書かないなんて、同志の女性たちに失礼だと思うのだ。

一般女性たち

ウクライナ軍当局によると、戦争に直接、あるいは間接的に関与している女性はおよそ五万人いるという。ウクライナ侵攻以来、率先して戦争に関わる女性の数が急増しているのだ。

ウクライナを支えているのは、軍事的役割を担う者だけではない。このようなすばらしい女性たちは、年齢に関係なく、ロシアの侵略に屈しない。こういった女性たちの姿を、ニュースの映像で何度も見たことがあるはずだ。たとえば、砲撃と銃弾を受けて屋根に穴が開き、そこから氷のように冷たい雨が滴り落ちているのに、被弾した家にそのまま住み続ける八十歳のおばあちゃんの姿。また、軍人ではない二十代、三十代の女性が、ロシア軍の進撃を阻止するために火炎瓶を作っている姿を。

戦禍に、女性たちが重要な役割を果たしているという証拠はたくさん残っている。第二次世界大戦を見てみても、男性が前線で戦う傍ら、女性があれもこれもこなしていたことがわかる。整備士のような仕事をし、農業に携わり、弾薬工場に勤めるなど、一人で何役もこなしてきた。故英国女王エリザベス二世でさえ、当時、十九歳でＡＴＳ（補助地方義勇軍）に入隊したのだ。名誉第二准大尉として訓練を受け、軍用車両の整備やトラックの運転を学んだという。

それからおよそ八十年が経ち、女性たちはウクライナ侵攻に立ち向かうために武器を手に取り、あらゆる仕事を引き受けている。今では多くの国で男女平等であることが尊重されているため、これまで男性がしてきた仕事を女性が担当しても、それほどとやかく言われやしない。

ウクライナの女性は、間違いなく戦争の原動力になっていると思っている。多くの戦争を戦い抜き、勝利を手に入れられたのは縁の下の力持ちのおかげであり、その九割が女性だ。そのくせ、仕事を見事にこなしても、正当な評価を得られないことが多い。ウクライナの女性の役割こそ、ロシアを打ち負かすために不可欠な要素だと私は思っている。

ケガや病気に苦しむ患者の手当てをする看護師や検査技師、兵士のために裁縫に励む母親やおばあちゃんまで、女性は、生きやすくなるように工夫を凝らしている。男性の世話をすることを誇りに思っており、冷え込む夜や凍える寒さの冬に暖かく過ごせるように、何時間もかけて衣類をこしらえる。ある村をパトロールしていると、孫のためにマフラーを編むバブーシュカ（年配の女性や祖母のことをそう呼ぶ）がいた。高度な技術や知識を駆使し、慣れた手さばきで、前線で戦う狙撃兵のために、迷彩柄のギリースーツを仕立てる女性もいる。すべてお手製で、たっぷり時間をかけて、職人技で作り上げられるのだ。

戦争のせいでめちゃくちゃになっているものの、女性や子どもたちは、前線で戦う夫や父、きょうだいを支えながら、できる限り普段と変わらない日々を過ごす。それどころか、今では多くの女性たちが武器をもって自由のために戦い、母国を守っている。主導権を握り、リーダーシップを発揮するのだ。彼女たちの姿が、世界中の男女に刺激を与えている。多くの男性がしてきたことをこなしつつ、母親、祖母、娘としての責任も果たしているのだ。

そういえば、私が出会った八十五歳のおばあちゃんのことも忘れられない。彼女は、自分の居場所とその周辺の兵士のために、一日数百個ものパンを焼いていた。毎日、誇らしげに、目的意識をもって焼きあげていたな。不満なんて、一切口にしない。兵士たちが体力を保てるようにすることしか考えておらず、自分ができることは何でもやる。それがパンを焼くことだったのだ。わが身の安全は二の次、という勇敢な彼女の姿は、多くの人に注目されていた。包囲され、攻撃を受けつつも、彼女は命をかけて兵士たちにパンを届けていたのだ。

ウクライナ女性は揺るぎない愛国心の持ち主であり、また別の刺激を与えてくれたのがマリアだ。マリアは毎晩、Ｎ１で働き、夜道をパトロールする兵士や警察官に食事を提供したり、力を貸したりしていた。私の部隊とともにＮ１で暮らすうちに、すばらしい友情を築いていった。ウクライナの未来について語りながら、笑ったり、冗談を言ったり、音楽を聴いたり。とても仲良くなり、楽しい時間を分かち合った。

マリアは毎晩、ボランティア活動に精を出していたけれど、月日が経つにつれて、もっと母国の役に立ちたいという願望が抑えきれなくなったようだ。それで、しぶしぶながらマリアに入隊を勧め、自分の情熱を思い切りぶつけてみてはどうだろう、と提案した。入隊を理由にマリアが

N1を去り、そのことで自分の気持ちが激しく揺さぶられるなんて、思いもしなかった。ただ、私の前から彼女が去ることが、ウクライナにとってはすばらしい利益になることもわかっていた。ここで最初にマリアと過ごした数ヵ月のことは決して忘れないだろう。彼女は刺激を与えてくれたのだ。マリアが幸せでありますように。そして、すばらしい未来が訪れますように。

祖国で兵士になったウクライナ人男性は多いが、ボディー・アーマーが足りないことがよくある。ウクライナの女性たちは世話好きなので、自国の資源と、自分たちのやる気を最大限に活用して、解決策探しに乗り出した。自分たちがやってきたことを話す女性。オンラインで調べものをする女性もいる。どうやら、布屋さんで売られている、西洋製の高価なボディー・アーマーを見て、どうやってできているのかを調べているらしい。一つ、手に入れて、慎重に分解し、リメイクの仕方を探っていた。ここで新しくボディー・アーマーの原型を作り、見本を完成させた。ミシンを手に入れられるだけ手に入れると、ボディー・アーマーを器用にまね、リメイクした。職業軍人として完成品を見ても、もともとのボディー・アーマーにうり二つで、れっきとしたボディー・アーマーにしか見えなかったよ！　専門工場から届いた品みたいだ。こりゃ、びっくりだな――「必要は発明の母」ってわけだ。

多くの男たちが、このボディー・アーマーはどこから来たのかと首をひねっていたけれど、やがて、女性たちが打てる手はすべて打って作っている、という噂が広まった。

男たちは、救命具であるボディー・アーマーの品質の高さ、そしてその職人技に心から感謝した。私も、女性たちのたくましさ、思いやり、そして気遣いに触れ、手作りのボディー・アーマーの品質と職人技に驚くとともに、名もなき「縁の下の力持ち」となった彼女たちに、あらためて、尊敬の気持ちを抱いた。ボディー・アーマー作りは、想像よりもはるかに奥が深い。生き残るために魂を駆り立て、新しい試みに取り組もうとし、根本には、課題の解決策を見つけようという精神がある。私が、本章の数ページで表現する言葉以上に、彼女たちの行動がすべて表しているのだ。

ウクライナの看護師は、天使のようだ。ケガ人、病人、そして瀕死の患者たちを絶えず看護している。ひどいケガや外傷の手術、そして再建手術など、立ち会う手術は毎日十六件にも上り、十八時間勤務につく看護師も多い。笑顔を絶やさず、心からの誠意をもって支えてくれる。しかも、クタクタになっていても愛情を忘れない。心からの感謝でいっぱいだ。ウクライナの女性看護師は、私に、そして世界中に刺激を与えてくれる存在だ。

ヴィッカの話

ヴィッカは、私たちの通訳を担当した優秀で勇敢な女性だ。この章では、ウクライナでともに過ごした日々を綴った、彼女の話をご紹介したい。

世界中から人々が集まってできた部隊に紹介された日のことを思い出すと、懐かしいです。オーストラリアや、アメリカから来た人もいました。イギリス人のシャリーフや、トニーに会った日のことも覚えていますよ。私、彼らから刺激をもらったので。

いろいろと助けてもらえて嬉しかったです。民間人であろうと軍人であろうと、できるだけ多くの人手が必要でした。私たちが市民に声をかけ始めると、二人は食べ物や物資を配る手伝いをしてくれました。お互いに意気投合し、助け合えていることを実感できましたよ。

最初、私は主に通訳として人々を支援しました。ウクライナの国民は、どこに避難し、滞在すればいいのか、知らなかったのです。私は、あっちからもこっちからも必要とされました。大変なこの時期に、命を脅かされているウクライナ人を支援することが、私なりの恩返しだったのです。私なら、今の状況でやるべきことがわからない人たちを助けられると思い、ますますその役割にのめり込んでいきました。

大半の人たちが、自分たちの置かれた状況を把握していると思っていますが、実際には、最初に思っていた状況とは違う、って気づきます。いったん気づいてしまえば、人は変わります。私が初めてシャリーフの部隊と対面した時、まるで観光客みたい、って思いました。写真を撮っている人もいて、楽しそうだな、って。しばらくすると、部隊は分裂してしまいました。シャリーフを始め、軍に接触しようと考える人もいれば、民間人をもっと支援したいという思いを募らせる人もいましたね。なので、基盤をいくつか設け、境界線で区切らなければならなくなったのです。私は、衛生兵と一緒に働いていたので、衛生兵のところへ行くことが、移動を伴う最初の任務でした。

ある特定の軍事部隊から、支援を求められました。私たちはオデーサに駐留し、シャリーフたちは自動小銃の使い方や、村や町を防御し、安全を確保する方法など、戦闘にまつわるいろんなことを教えてくれました。軍でパトロールや防御の仕事を数多くこなしましたし、私はすべての授業で通訳を引き受けたんですよ。

人を支援したいと思ってきたし、状況を上向かせるために、自分の能力をフル稼働させてできることは何でもやりたかったですね。祖国を誇りに思っているし、たとえ自分たちのせいではないにせよ、祖国がひどい状況であることを後ろめたいと感じていました。たとえ些細なことであっても、自分にできることがあればやるべきだ、という気持ちは、今も強いです。

人々を支え、変化を起こし、最終的に勝利するには、一つの大義、つまり、みんなで分かち合える目標のために、力を合わせることです。母国のために尽くすことは名誉なことだし、私は体も丈夫で元気。だから、今、言ったような価値観を理解し合える人たちと一緒に働きたいと思っていました。自分も含め、同世代の人間は、これまでに一度も戦争を経験したことはありません。軍事用語をほぼ知らなかったので、シャリーフと組んで通訳をこなすのはなかなか大変でした。ただ、これを機に、あらゆる専門用語を、英語とウクライナ語で学べました。

戦争が始まる前は、農業関連の法律会社に勤めていました。それが、開戦を機に、私の暮らしは一変しました。かつては内勤だったので、屋外より屋内で仕事をすることが多かったですし。ただ、どんな状況にいても、絶えずいいところを見つけるようにしたいものです。私の場合は、これまでのスキルを土台に、今は新しいスキルを学んで才能を磨く努力をしています。

祖国で戦争が起こって初めて、自分に強い愛国心があり、母国を大事に思っていることに気づきました。今、ウクライナ人は信仰心や闘志、決断力が強いことで有名になりました。世界中の人たちが、ウクライナ人のことをそう理解しているんですよね。逆境にもめげずに団結する姿は、世界で絶対的な模範になります。私は、戦うことに一生懸命です、って言っても、自分の体を盾にして戦うのではなく、大義や正義のために戦うのです。そうすると、共感することが必要だとすぐにわかるし、強くあるべきだと実感できます。

シャリーフと部隊の仲間が訓練の仕事をしている間、私たちは食べ物を配っていました。訓練に持ちこたえられるように、また、体を温められるように。ある訓練で、武器の扱い方を教わっていた時に、普段とは違う考えにとらわれました。明日に何が起こるかなんてわからない。たぶん、武器を持って戦わなきゃならないんだろうな。それなら、自分で扱えるようにしておかなきゃ、って。それで、私、訓練に参加しましたよ！　自動小銃の扱い方と撃ち方を覚えました。

二〇一四年に、ロシアが違法にクリミアを併合して以降、ウクライナで紛争が起きることは想定内でした。なぜか私たちは、待って、待って、ひたすら待ちながら、同時に自分たちの暮らしを成り立たせていたのです。ほんと、どうしようもない時期でした。なぜなら、戦争に対して何の備えもできていなかったのだから。いろんなケガに効く薬も十分になかったですし、とりわけ、心臓病に効く薬もない。政府からの支援も、期待できるほど手厚いものではありませんでした。

こうした状況を立て直そうと、私は六年間、健康関連の部署でボランティア活動に従事しました。ここでは、必ず人間性が問われます。状況を上向きにするためには、できることは全部やるべきなんです。国民にも、支援を呼びかけなくてはならない。

経験豊富な医師がいなかったので、体制を変えていきました。薬探しに奔走し、慢性の傷や火傷を速く治癒させられるVAC（陰圧創傷治療システム）などの医療機器を手に入れました。でもこれ、開戦前の話ね！　戦争のせいで薬や医薬品の流通が滞りだしたので、世界中からの手厚い支援がとてもありがたいです。

いろんな病院で、通訳として働くことは極めて重要なことでした。状況を少しでもよくするために、なくてはならないスキルを提供しているんだという自覚がありました。さらに、シャリーフは、止血帯の使い方や包帯の巻き方、手足を骨折した際の処置の仕方など、戦争特有の医療行為の訓練をたくさん行っていました。お互いの仕事を手助けし合えていたように思います。

戦争での支援活動をしつつ、実は本業もこなしていたんですよ！　オフィスには行かず、リモートワークで両方の仕事をうまく掛け持ちしていました。これは、私にとって、とても大事なことだったんです。もちろん、戦前のウクライナは世界中で猛威をふるっていた新型コロナウイルスの影響を受けており、しばらくすると、在宅勤務にも慣れてきました。つまり、置かれた状況下ですでに決意を固め、復活する力を鍛えていたわけです。転ぶたびに立ち上がることは、機運を高め、母国や世界に望ましい変化を生み出すために不可欠なことです。ウクライナの女性は、強くあり続けるために必要なことは何でもするでしょう。私たちが今、置かれている状況を見れば、世界中の誰もがそうだと納得できると思います。

多くの女性たちは、命がけで他国に単身渡航し、兵士や救援隊を輸送するための車両を持ち帰ってきます。ＳＵＶ、トラック、バスを買い取り、危険な状況を顧みることなく、国境をまたいでウクライナへ戻ってくるのです。第二次世界大戦中もそうでしたが、ほとんどの女性が、男性の役割や仕事を引き受けているんですよ。ここ、ウクライナでは、女性たちも自由のために全力で戦っているから。何度も言うけれど、私たちは、平和を求めてできる限り協力しています。女性たちは、毎日、危険と隣り合わせになりながらも、兵士のために、食料や武器、生活必需品を前線へと運んでいるのです。

女性であることを妨げるものは何もありません。私たちは、自分が絶えずやってきたことをやめたりしません。できる限り、自分の面倒は自分で見るのと同じことです。こういう姿勢は、男性が求める食料やその他の必需品を持って前線へ向かう時に重要になります。笑いかけられ、親しみやすい雰囲気を感じ取った男たちは、心が穏やかになり、希望をもてるもの。彼らが思い出すのは、ウクライナでの楽しい暮らしの中の、他愛ない出来事なのです。

女性や子どもたちが兵士のために手作りしたキャンドルを配ることがよくあります。手作りをして、安全に届けるために何が必要かは別として、男たちがそれらを確実に手に入れるために、女性や子どもたちが力を尽くし、決断する姿は印象的です。

その決断は、誰の目にも明らかです。女性たちは、自分のため、子どもたちの未来のため、そして母国のために腹をくくっているのです。ただ、それは選択する、っていう感じじゃない。思うに、今、自分たちの中に根付いているものであって、DNAに刻まれているものじゃないかな。女性たちは今、金属片のように、より頑丈に、しなやかさを増しているのです。

戦争が始まると、何百人もの一般女性が、村や町の安全を守るために火炎瓶を作りました。たとえば、ドニプロ市では、教師、経済学者、主婦、母親たちといったすべての女性たちが、自分の子どもや生活を守るために、支援活動への参加を希望しました。

戦争が始まって一年以上経った今、女性たちは武器を手にし、前線の兵士が何を求めているのか、また、自分たちが何をすべきかを理解しています。私たちは、彼女たちのことを縁の下の力持ちって呼んでいるんですよ。女性たちが活躍した、っていう話はおおっぴらに聞かないですからね。忘れないでほしいのは、第二次世界大戦中、女性たちは、整備士になったり、人手不足で農業の担い手として駆り出されたり、厳しい仕事を数多くこなしていたということ。そして、私たちの究極の目標は、平和と自由を手に入れ、愛する母国が栄光を取り戻すことです。

男性は前線で戦っている。だから女性は、家で、戦争前と変わらず、いつもやっていることをして過ごしています。前線の男たちが何を望んでいるかを考え、軍服や食料、その他、必要なものは何でも、打てる手はすべて打って支援しようとします。シャリーフも言っていましたが、毎日、パンを作って兵士たちに届けていた女性もいました。

その後、私たちはサード・ウェーブのアリソンに会いました（アリソンの話は、この後で）。彼女は、私たちがあちこちの村で配る食料を提供し、支えてくれました。最初に物資を届けたのは前線で、男たちはそこで飢えと闘っていたので、食料を配るととても感謝されました。持って行ったのは、油、ビスケット、小麦粉、スパゲティ、ハム、コンビーフ、それに果物など。何かを食べると、無意識のうちに気分が上がり、力が湧いてきて、もう少し頑張ろう、っていう気分になります。

私が進み続けられるのは、どんなに些細なことであっても、自分の行動が、国民と国の支援につながっているからです。これは、ちょっとした成功体験ですね。とても感慨深いです。勝てばご褒美がついてくる。支援の手をさしのべた相手が、これまでいろいろな場面で支援してくれたことに、感謝の気持ちを示してくれると、決意を新たに、さらなる力をもらえるんです。勝利のために、無駄なく必要な行動を起こすのは、光栄なことだし、心も温まります。

感謝の気持ちがあふれんばかりに広がっています。ウクライナ人にとって、感謝とは体内を巡る血のように当たり前のことであって、万物に感謝しているんですよ。そうして、成功体験を積み重ねるために決意を固めているのです。

戦時中でも、私は爪にマニキュアを塗るのをやめたくないんですよね。マニキュアを塗ることで、「いつも通り」の人生を歩み続けたいんですよ。でも、それって、女性が戦禍でやるべきことをやっているから、ということで自己主張が強くなっちゃったと思われるかも。なので、そういう意見を受け止めた上で臨機応変に対応しつつ、自己主張をしたくなったら、爪に新しいマニキュアを塗れるようにしておきたいです。

私たちが行動を起こす引き金となっているのは、生き延びたいという人間の衝動や、自分の仕事や好きなことをし、できる限りいつも通りの日常生活を送りたいという思いからです。でも、生活は変化しつつあって、以前と同じ状況にはもう戻れないでしょう。ウクライナはより強く、復活する力をつけ、もう世界の舞台に立つ準備ができています。人は、常に夢をもって努力すべき、というのが私の考えです。

私たちはウクライナ人である。ここにどういう意味があるのでしょうか。ウクライナはもう何年も前からソ連の一部ではないことを、世界の人々が心から理解できるようになると思います。ウクライナは主権国家であり、国民には、ここは私たちの国、私たちの祖国だ、という鋭い意識が備わっています。独自の文化と歴史があるのです。そして、尊厳も。

誰もが学び続け、教育を大切にしなければなりません。得た知識を無駄にしないためにも、こうした信念は、私たちの未来に絶対不可欠なものです。古い習慣に戻ることなく、前に進んでいくのです。

女性は、ゼロの状態から一を生み出すし、生み出す方法を見つけます。臨機応変で回復力がある、ってことです。回復力という意味のウクライナ語は、「スティーイキスティ」っていうんです。

慈善団体「サード・ウェーブ」のアリソン・トンプソン医師の話

アメリカ出身のアリソン・トンプソン医師は、慈善団体「サード・ウェーブ」を設立し、運営している。アリソンは、なみなみならぬ勇気と底知れぬ優しさの持ち主だ。二十年以上にわたって救助活動に携わっており、九・一一同時多発テロの際にはツインタワーにいたという。今は、戦争で荒廃した国々で難民キャンプを運営している。

私は、二十二年間、人道支援活動をしてきました。九月一一日、私が世界貿易センタービルにいた時に、飛行機が一機、意図的にツインタワーの北棟に突っ込んできました。鋼鉄の破片の上に人の頭が乗っかっているのを見つけ、いくつものおぞましい光景を見ているうちに、自分は今、この瞬間にただそこにいるだけなんだと思い込めるようになります。たとえば、今この瞬間に、私はあなたとのおしゃべりを楽しむ。明日の私はレイプ被害者とともに過ごしているかも。その次の日の私は、女友達とタイ料理を食べている、という具合に。そして、いいことも悪いことも含め、自分の今の行動を、言葉や映像で残そうと決めました。この戦略は、自分の心をトラウマから守るために考えたのですが、実は、思いつくまでに、実は何年もかかってしまったことを付け加えておかなくては。こうでもしないと、私は気が変になっていたはず。

私のＤＮＡにはボランティア精神が刻まれているので、ロシアがウクライナへ侵攻した、というおぞましいニュースをテレビで見た時、シャリーフと同じく、ごく当たり前のようにウクライナへ支援活動に行かなきゃ、と思いました。

ウクライナで人々を移送する際、最初の数回は、男女両方を移送していました。孤児や、特別な支援を必要とする子どもたちも多く、そういった子どもたちを理解できる医師、看護師、スタッフが必要でした。何度か移送しているうちに、女性を移送する方がずっとうまくいくことに気づいたんです。私たちの服の袖にはサード・ウェーブの小さなハートのロゴがついているので、国境のどの地点を通るのにもすんなりと進めます。立ち入り禁止区域や私有地にも入れたのですが、男性を乗せていると必ず停められ、男性は外に出されて尋問され、取り調べられるんですよ。当局は非常に警戒していて、スパイが潜んでいるか、懸念していたんです。

春にオデーサに来た時、リーフ（シャリーフのこと）とその部下に会いました。私たちは泊まれるところを探していたので、心当たりがないか、聞いてみたんですね。そしたら、運よく「そうだ、私たちがいるところに連れてってあげよう。一泊十ドルで」と言ってくれたんです。周りには多くの人が座っていたけれど、リーフは注目を集めており、彼が天性のリーダーであることは瞬時にわかりました。私たちの面倒をみてくれて、食料を始め、必要なものをすべて確保してくれました。私たちは温かく出迎えられて、同じ場所に泊まることになりました。

リーフと彼の部下は、オデーサの宿泊施設で私たちの護衛を引き受けてくれました。空襲警報が鳴ると、リーフはそれを慎重に受け止め、地下の防空壕へ私たちを案内した後、空襲警報がやむまでそこに座っているように言われました。他の人たちが寝ていても、リーフは、私たちの身の安全を確保してくれたんですよね。生き埋めになるのが嫌だったので、結局、地下の防空壕には行かず、いざとなったらすぐに逃げられるように一階の近くに陣取りました。

ある夜の話ですが、ミサイルが私たちの宿泊施設の上を通過しました。そこでは、サード・ウェーブを支援するナオミが、施設内で暮らす外国人兵士全員にヨガを教えていました。私たちはみんなで、床の上で一緒にヨガをしたり、呼吸法を学んだり。その頭上を、ミサイルが飛んでいったんですよ。もう、まるで現実のこととは思えなかったです！

私たちはリーフを支援し、リーフは私たちに絶対必要な護衛を引き受ける、というウィンウィンの関係をうまく築けていました。安全が保証されているような任務に付き添ってくれたこともあります。

戦術と医学の訓練に参加し、すぐに目標を見つけました。最終的には何千人もの兵士を訓練し、救命の仕方、止血帯の付け方、その他、救命する際のコツを戦闘衛生兵にやって見せました。

リーフたちと車で秘密基地へ出かけることが、私たちの仕事の一部になりました。「訓練生」はみんな、主に射撃場で新しい技術を学んでいて、特に射撃技術の訓練が充実していたという感想が出たので、私たちも訓練に加わることになりました。私は、訓練中は待ち伏せ要員として、隠れて偽の手榴弾を投げていたんですよ。

隠れるのがうまくて訓練生に見つかることは一度もなかったので、逆に、毎回彼らを叱ることになり、悲しくなりました。前線に立つことを想定して準備するために、現実と同じような状況を作るようにしていたんですね。ここでの訓練で、ある漁師と起業家の男は、十四回以上爆撃を受けたのです。これじゃあ、前線では通用しないな、と思いました。数週間後、起業家の男は地雷で死亡したという知らせを受け取りました。痛感しましたね。ここから前線に向かうウクライナの男性たちは、私たちが知り合った普通の人たちであって、かつては事業を営む一般市民だったのだ、と。

リーフの部隊では、何人かがしょっちゅうケンカをしていて、その人たちと入れ替わりで新人を入隊させました。最初は仲間意識が強かったようですが、そのうちギクシャクするようになりました。問題だったのは、兵士であるにもかかわらず階級などの上下関係もなく、正しい方向へ導いてくれる人がいなかったから。全員が、ただ指示を待っているだけだったんですよ。

部隊全員が激しく口論したり、エゴをぶつけ合ったりして、私の苛立ちはどんどん膨らんでいき、結局は私が部隊を管理し、引っ張っていきました。みんなと一緒に過ごす時間をたくさんとって、その年は、メンバーの支援役も務めました。お金がない彼らの食事代と宿泊費を、私たちがもちました。善意から「募金する」とよく言っていましたが、彼らが募金するのを見たことがありません。そんな状況でも、護衛と引き換えに支援を続けました。

前線の村へ食料を配る時には、部隊のメンバーが付き添ってくれました。訓練が多くて、代わりに他の部隊の兵士や男たちが護衛についていてくれることもありましたね。この時点で、リーフは自分がウクライナ軍を支援できると確信し、自分に課された任務として前線に出る決意を固めていました。

リーフは、裏表のない、素直な人です。個人的な話もたくさんしてくれて、とても楽しかったですよ。会話のあちこちに彼の決意がにじみ出ていて、任務に深く尽力しているのが感じられました。その心意気はお父様から受け継がれているようですね。かなり決断力のある人のようです。リーフは魅力的で優しいです。特に女性関係では、親切な人柄がにじみ出ていますよ……。

リーフがかなり多くの人たちを訓練する中で、彼のすばらしい一面を見つけました。リーフの優れているところ、それは武器の扱い方を教える、軍事訓練を指揮する、といった、戦術を教えられるすばらしい先生であるところです。身の回りで何が起こっていても、私たちのことを気にかけてくれて、いつも親切。ただ、私にとって、男性ばかりの環境に身を置くことは、男性的なエネルギーが充満しすぎているせいで、苦痛を感じることがありました。

人道支援活動をしている兵士もいれば、傭兵もいて、二つの異なる局面がしっかりと結びついていました。多くが退役軍人で、彼らは、前線で戦うこととその危険性もわかっていました。死ぬことすら恐れていなかったかも。中には、除隊後にアメリカやイギリス、カナダに帰国してから、日常生活に戻るのが難しいと感じた人もいたようです。ウクライナで志願兵となることで再び社会に溶け込み、「バンド・オブ・ブラザーズ」を再び体験できると考えたのでしょうね。最初は理解に苦しみましたが、彼らと過ごすうちに、そういった考え方がわかるようになりました。

私がウクライナで出会った女性たちは、まさしく伝説の人たちです。コミュニティの支え役であり、たくましい。ある村で、すてきな女性に出会いました。世界中のどの村にでもいそうな、普通のおばあちゃんです。がれきまみれの壊れた家屋に暮らしていたおばあちゃんは、ロシア軍の戦車が村を通過していった時、彼女と仲間たちはこれまでにない役割を引き受けたのです。私は、この女性たち全員と対面しました。市長によると、彼女たちの大半が木陰に隠れ、ロシア軍の戦車が近づいてくると、すぐに隣の木に移って、見つからないように木陰に身を隠すのだそうです。戦車が通過したら市長に電話してロシア軍の居場所を教え、機密情報を流していたとか。私にとって、あのおばあちゃんたちはスターですね。

私たちのいる地域は壊滅状態だったけれど、ミサイル攻撃が始まると、避難しなくてはなりませんでした。正午頃が多いです。攻撃してくる時間から、奴らは全員寝坊しているに違いない、って思いましたよ！　一度だけ、敵のすぐ近くまで迫ったことがありました。道路からおよそ四百メートル先にいたので、ミサイルだったら通り過ぎてくれたでしょうが、大砲だったら簡単にやられていたでしょうね。

ニュースで見たことがあると思いますが、第二次世界大戦の防空壕がウクライナのあちこちに残っていて、これまでにウクライナで紛争が起こると、身の安全を守るために防空壕に入りました。多くの女性が、爆撃の被害を免れた自宅から、美しくて高価なペルシャ絨毯やすばらしい品々、価値のある小物類を持ってきて、地下をとても美しく飾るんです。防空壕には、ベッドやストーブ、それにソーラーパネルまであるんですよ！　縁の下の力持ちである彼女たちは、機知に富み、とてもたくましいです。戦争で勝つために、現代も女性の存在は欠かせないのですね。

太古の昔から、戦争には残虐行為がつきものでしたが、今回も例外ではありません。私は、ロシア軍の兵士が高齢の女性や子どもたちに強姦や虐待をしたり、殴ったりするところを見てきました。こういうことをする兵士は、他国から来た、給料の高い傭兵であって、十八歳くらいのロシアの若者じゃないと思う。ロシア人の若い兵士は、自分の意思に反して、強制的に前線にいさせられることが多いのです。多くのウクライナ人が、若い兵士たちを捕まえて、軍服と銃を奪った後、ロシアへ帰したそうです。ただ、このような若い兵士の将来は暗く、多くの帰還兵が拷問を受け、殺害されたという噂もありました。そういうわけで、軍服や銃を奪われてからおよそ二時間後には、かなりの人数が再び姿を現し、敵から味方になってウクライナ軍に加わり、戦うことを決めたのです。ロシア軍よりウクライナ軍にいた方が、待遇がいいじゃないか、と言ってね。

こういった若いロシア兵の多くは、こっそりとインターネットにアクセスして、ウクライナで起こっている真実を伝えていました。一方、ロシアでは、すべてが軍のプロパガンダです。インターネットは国家に管理されており、多くのサイトが閉鎖されている。つまり、嘘やフェイクニュースばかりの、軍の管理下にある特定のページにしかアクセスできません。また、新聞やメディアは国営なので、ロシアの文民が、簡単に事実を知る方法はないのです。

ウクライナで、私はボランティアをしていたヴィッカに出会いました。人道支援活動を通じて、お互いのことを知るようになりました。彼女とのエピソードで印象に残っているのは、海兵隊が駐留する秘密の場所まで私たちを送ってくれた時のことですね。

私たちが出発しようとしてから十分から十五分後、道路沿いで二発の巨大なミサイルが発射され、私たちの車に接近しているようだったので、部隊の中にスパイがいたのではないかという疑いが浮上しました。同乗していたのは、リーフと私、そして、私が連れてきた看護師でした。ミサイルの発射は、故意ではなかったかもしれないけれど、ちょっとした偶然でした。看護師に目をやると、恐怖のせいでいつもと同じ表情には見えませんでしたが、真剣な眼差しで見つめ合っている間は、穏やかな気持ちでいられました。ロックオンを避けるために、ミサイルから離れ、車を爆走させましたね。言いようのない気分になりました。ミサイルが通過した跡を見た時、背筋が凍りましたね。幸いにも、ミサイルの一つは左側、およそ五百メートル先の畑に着弾し、もう一つはその先のどこかで爆発しました。

オデーサに到着して最初の数ヵ月間は、リーフの部隊は市警から嫌がらせを受けていました。当たり前の話ですが、空気はピリピリしていました。警察は、今では文民として、新たな役割を担わなければならなくなったのです。市警全員が、街にスパイが潜んでいると思い込んでいて、リーフたちも疑われました。それに、ゼレンスキー大統領が権力を握っていますが、誰もが彼を支持しているわけではない、ということは忘れてはなりません。他の都市には、今でもプーチンやロシアを応援している人もいるのです。

リーフの部隊に対する嫌がらせは続きました。壁に押さえつけられ、頭に銃を向けられ、「お前たちは何者だ？　オデーサで何をしている？　どっから来やがったんだ？」としつこく問われるのです。

この緊迫した状況の中、リーフの人柄のよさとリーダーシップがうまく活かされ、窮地を救われました。部隊を落ち着かせ、市警に私たちのことを信頼させたのです。

ある時、警察が私たちの居場所に踏み込み、全員を同じ部屋に押し込みました。およそ二十人の警察官が機関銃を携え、私たちのパスポートや、ウクライナ在留に必要な文書や書類を確認したはずです。ここでも、リーフの社交的な性格とリーダーシップのおかげで警察の態度は和らぎ、警察官全員と仲良くなっていましたね。それから、警察官は午後十時頃になると、しょっちゅう夕飯を食べに来るようになり、あっという間に飲み友達になって夜通しパーティーをするようになったのですよ。

本物の警察官は兵士として前線に立っていたので、ここで出会った警察官たちは、実は、警察官でもなんでもなく、だからこそ私たちを見て、神経をピリピリさせていたことをわかっておく必要があります。「警察官」をしていたのはさまざまな役割から身を引いた人たちだったのです。治安当局高官は、ウクライナ侵攻前はストリップ劇場の運営者だったんですよ！ それが、今や全警察官を束ねるトップになっている！ 離乳食の営業マンだった人もいます。警察官としての役割を果たし、責任に応えるために、準備なんてできっこないですよね。一般人は、誰も彼も、自分が求めるでもなく望みもしないような、厄介で厳しい立場に追い込まれたのです。とても奇妙な戦争だと思います。数分経てば状況は異なるので、説明すらできない。刻一刻と状況は変化します。あまりにも悲劇過ぎて、笑うことすらできませんでした。

戦争に巻き込まれるのは、つまり人生の皮肉な部分を頑張って見ようとすることなのです。そういうふうに思わないと、気が変になってしまいます。

ある日、オデーサで、頭上でミサイルが飛び交い、民間人の住まいがある地域に着弾しました。しかも、普通の日ではなくイースターの日曜日に。爆撃され、気づいたら、リーフたちとはぐれていたんです。私は、ヴィッカと一緒にいたんですが、彼女と私がそれぞれ連れてきた女の子たちと一緒に、ナイトクラブだったところへ行きました。そこは広々としていて、すでに、臨時の救護施設に変わっていたのです。ロシア軍が爆撃をもくろむのは、ナイトクラブではなく、きまって病院、学校、図書館だったので、ここなら安全だなと思いました。多くの女性と子どもたちが、救護施二階に上がっていくと、すぐに地上に行けと言われました。

設に押し込められました。そこで、私たちは全員で地下室へ降りていった方がいいんじゃないかと判断しました。地下へ降りていくと、廊下は真っ暗。そして、さらに暗い部屋へと進んでいったんですね。目が暗闇に慣れるまでに、少しかかりました。

すると今度は、女性のしのび笑いが聞こえてきました。周りをくるっと見回して、「何か、見覚え、ない？」と聞かれました。私たちも見回してみると、ムチやディルド（ゴムなどでできた人工ペニス）、そして変てこな椅子を見つけたんですよ。ポルノ映画に出てくるようなその椅子は、股を大きく開いて座るようになっていて、乗馬の時に足を引っかけるような金具までついていました。私たちの安息の地が、何と、セックスをするための地下牢だったんですよ！

顎を床につけ、くぐもった笑い声を響かせました。肩を上下に揺らしながら。ここに、子どもたちを連れてきていたんですよ。八歳のウクライナの子どもたちが、さっきの椅子の金具に足を引っかけて座り、スマホでちょっとした動画ゲームをしていました。思わず笑っちゃいましたね。これまでで、一番シュールだと思ったので、この新しい環境を映像に残し、写真にも撮りました。屋外では爆撃が続いていて、女性と、その女性が産んだばかりの赤ちゃん、そして彼女のおばあさんが空襲を受けて命を落としたそうです。私たちが地下牢で、身を隠している時に……。

ウクライナ滞在時に、周囲の前線でミサイルが飛び交い、砲弾があちこちに落とされるという経験をして、人生を見る目が変わりました。アメリカに帰国し、空を見上げて飛行機の軌跡を見つけると、「あれはミサイルかな」と思ったものです。私は、絶えず空を見上げました。花火の音がしたら、そちらへ振り返って「これって何の音?」と思いました。

このような経験から、年配兵士の物の見方を知り、彼らがイラクやアフガニスタンなど、世界各地の戦闘地域で、九年、ないし十年にわたって経験してきたことを垣間見ることができました。リーフを始め、元軍人の男たちが、ウクライナで再び命を危険にさらしてもかまわないと思える理由がわかりましたね。

大統領夫人

ウクライナの大統領夫人の、勇敢で度胸のある話をはしょってしまったら、私が怠慢ということになるだろう。戦争というのは、人の一番いいところを引き出し、その人の本当の姿を描き出すものだ。ボロディミル・ゼレンスキー大統領の妻、オレナ・ゼレンスカ夫人は不屈の女性であり、祖国のために全力で自由を求める戦いに参加してきた。

私は、ウクライナの一般市民の生活をがらりと変えたのは大統領夫人だと思っているので、ここで彼女にまつわる情報を紹介したい。オレナ・ゼレンスカ夫人は、ロシアが、主権を持つウクライナに侵略し、残虐に扱われた女性や子どもたちが復活した姿を示したいという意図がある。彼女は、ロシアのウクライナ侵攻以来、強さ、復活する力、人道支援を象徴する存在だ。

大統領夫人になる前は建築家や脚本家として活動していた。そのため、ウクライナへの侵攻開始までの間に、自身のために、またウクライナのために、事前に備えることはできなかった。侵攻以降、ロシアが、ゼレンスキー大統領に次ぐ第二の標的としていたのは彼女だ。二人の子どもたちも、リスクの高い標的とされている。

彼女は人道支援に全力を注ぎ、特に、東欧を中心に子どもたちを避難させている。まだウクライナに残っている孤児院の子どもたち、それに、大家族、高齢者への支援にも力を入れている。大統領夫人の知名度のおかげで、ウクライナの女性や子どもたちがニュース番組で頻繁に取り上げられ、視聴者からも注目されている。

二〇二二年五月、ゼレンスカ夫人は、精神的支援のための国家プログラムを創設した。このプログラムの目的は、戦争で忘れられないほどつらい体験をしたウクライナ人が、それを克服できるように支援をすることだ。アメリカとウクライナで母の日を祝う五月の第二日曜日に、アメリカのジル・バイデン大統領夫人がゼレンスカ夫人を電撃訪問し、支援を申し出たという。

二〇二二年七月、今度はゼレンスカ夫人がアメリカを訪問した。アメリカ議会で演説を行うためだ。大統領夫人で演説を行ったのは彼女しかいない。子どもたちのこと、そして家族のことを切々と訴え、スタンディングオベーションを受けた。こちらがその時のスピーチ内容（一部）だ。

私は、犠牲になった国民、手足を失った国民、今も健在の国民、そして、前線から家族が戻ってくるのを待っている国民に代わって、皆さんに訴えます。今、本来なら決してお願いしたくないことをお願いしています。つまり武器の提供をお願いしているのです。他人の土地で戦争をするためではなく、自分の家を守り、そこで生きて暮らすために必要だからです。

——オレナ・ゼレンスカ

訪米中に、ゼレンスカ夫人はウクライナ国民を代表してワシントンDCで反体制派人権賞を受賞したという。

七月には、ウクライナの戦後復興を目的としたファーストレディ・ファーストジェントルマン・サミットを主催。サミットでは六百四十万ドル以上の資金が集まったそうだ。これは、保健省が前線で必要とされる救急車を八十台以上購入できる金額に相当する。

九月には、欧州議会本会議に招待され、そこで一般教書演説を行った。欧州委員会のウルズラ・フォン・デア・ライエン委員長は、彼女の勇気ある献身ぶりに敬意を示した。

一一月にはイギリス議会で演説。ウクライナの正義を訴え、再びスタンディングオベーションを受けた。

二〇二三年一月、スイスのダボスで開催された世界経済フォーラム年次総会で演説を行った。一致団結を呼びかけるとともに、「世界の指導者や企業のトップに対し、各自がもつ影響力を駆使してウクライナへの支援を要請」したのだ。

さらに、国連総会でオレナ・ゼレンスカ財団を発足させると発表した。ここでの主な目標は、「ウクライナの人的資本を回復させ、ウクライナの全国民が、心身ともに健康で、守られており、ウクライナで教育を受け、働き、未来を築く権利を実感できるようにすること」だ。同財団には、医療、教育、人道支援という、大まかな分野が三つある。学校、保育園、病院や診療所の再建に投資し、学びと科学開発のための助成金を提供する意向があるという。

また、「国境なき本」プロジェクトを立ち上げ、戦争で避難するために、二十ヵ国以上へ離散していった子どもたちのために、ウクライナ語の本を二十六万冊、届けた。

「ウクライナの本棚」プロジェクトは、大統領夫人の支援のもとで行われている。ウクライナの文学作品とその翻訳版を、世界の主要な図書館へ送るというものだ。すでに二十ヵ国を超える国々が、この取り組みに参加している。

彼女が創刊した『バリアフリー・ハンドブック』には、障害者や高齢者の家族のための、戦時中の心得や指示が書かれた節が、新たに設けられている。

受賞歴も豊富だ。ポーランドの週刊ニュース雑誌『フプロスト』の「世界平和」部門で、女性のリーダーシップを称えるShEO賞を二〇二二年に受賞している。また、非常に優れた統率力をもつ者をたたえるヒラリー・ロダム・クリントン賞を受賞している。

親ロシア派メディアから組織的な中傷被害を受けているが、ウクライナのすべての女性や子どもたちへの支援を、決して諦めたりやめたりすることはない。母性、強さ、回復力、そして決断力の象徴である彼女は、全世界を生きる女性のロールモデルなのだ。

第五部

エピローグ

二〇二三年七月

始めたことを終わらせるために、私は、ウクライナへ戻ることにした。今も、GUR（ウクライナ国防省情報総局）の指揮下で契約しており、あらゆる犠牲を払ってでも自由のために戦う責任を担っている。

今回は、前線に戻るのではなく、難民の支援をするつもりだ。私のような、民間人や兵士を避難させるために、激しい交戦地帯や敵陣の裏側に行くことになりそうだ。

人々を助けたいという思いが心の中から消えたことはない。それどころか、むしろ私の大義は強さを増している。状況が相当ひどく、多くの人々にとってかなり手厳しいことを知っているからだ。

バンド・オブ・ブラザーズの概念を大事にする気持ちもまだ残っている。世界中から、志願兵としてウクライナ行きを希望する退役軍人が、続々と連絡をよこしてくる。彼らもまた、状況を立て直したいと思っているのだ。

今後は、旧友のダニエル・バークが運営する「ダーク・エンジェルズ」という大規模な部隊の一員になるつもりだ。部隊は二手に分かれている。戦術訓練や避難・脱出を担う軍事支援と、物流や援助物資の供給を担う人道支援だ。私は、前者を希望している。

私を含め、他のボランティアメンバーが再びウクライナへ向かう準備を手伝ってくれるのは、かつての上司であるPSSのロブ・パックスマンだ。また、外国の軍事ボランティアを資金面・装備面から支える、ゴースト・コンセプトという慈善団体からも支援を受けている。

リアクトエイドのユーウェンも復帰するが、今回は、武装した戦闘衛生兵として戻ってくる。ユーウェンは、BBCのエマ・ヴァーディー記者に、「兵士たちが戦闘での任務を続けられるように、彼らを生かしておかなければ」と語ったという。

エマ・バーディー記者にも伝えたことだが、「私は外に出て、行動を起こし、人の命を救うことで、自分の望む人生を歩みたい」のだ。その目的と意欲は揺るがないし、どんな犠牲を払っても自由のために戦う」ことから絶対にブレたりなどしない。

以下、二次元コードを読み取ってご覧ください。

二〇二三年七月、ウクライナへ戻るという私の決意表明はこちら。

再建された親指をどうやって動かすかを確認するのは、こちらから。

ウクライナへの旅路は、こちらの動画をチェック。

兵士の荷物と装備

兵士の装備一式の重さは、およそ三十キログラム。任務に就く際には、ボディー・アーマーや食料や水、自動小銃や弾薬など、道具や装備を何度も出し入れする。

任務で必要な荷物や装備は、駐留期間や任務の種類によって変わってくる。予備弾薬をどれくらい持って行くか、どれだけの「リンク」（機関銃の装填手が給弾するために使用する）をみんなで分け合うかを判断しなければならない。出入りの多い仕事なら、弾倉や予備弾薬は、さほど多くなくてもよいだろう。仕事に必要なだけあれば十分だ。

なかには、経験に乏しい者が、必要量をはるかに超えた重さの装備を運ぶのを見たことがある。背が高く、ひょろっとした若者が、ファミリーサイズの水のボトルを持っていた。飲み水を切らしてしまう心配をしたからか……。どうりで、いつも彼が任務の最初から疲れていたのはそういう理由があったんだな。リュックを開けてみて初めてわかったのだが、ほぼ手つかずの、でっかい水のボトルが入っていた。水をたくさん持って行けばその分、荷物は重くなるしたくさん飲んでしまうものだ。どうにも、埒があかないな。でも、足りなきゃ足りないで倒れてしまうし（兵士が倒れてしまうこのような状態を「マンダウン」という）。別の問題が出てきてしまうのだ。

私はたいてい、最大で二リットル、ないし三リットルの水を持って行く。二日間、強いて言えば三日間の任務の場合は、一リットルを一息に飲み、残りの二リットルはキャメルバック（補水用の容器）で保存していた。出発前には必ず、神経質にならない程度に水分補給をしていた。地上に出るなら最大三リットルもあれば十分だ。なぜなら、必要に応じて水分が補給できるＯＰにぶつかるからだ。

水とともに食べ物も持ち運ぶ。自分の配給は、自分で受け取る。小さなバーが三本入った、私の好物は、スニッカーズのマルチパックだ。移動中に簡単に食べられるし、ピーナッツ、タンパク質、砂糖も十分入った高カロリー食品だから、これらがあれば、毎日を乗り切れる。普段は、六本入りのトリプルバーを食べる。自分に合っていて、特に糖質が少し足りない時にはぴったりだ。血糖値に問題のある人、糖尿病の人がいれば、応急処置ができる。念のため、いつも予備を持っている。もっと長期の任務であれば、配給パックを三食分くらい持って行くようにしている。配給パックはリュックサックに入れておいて、一つはベルトキットに残しておく。

最後の必須アイテム、それは、弾薬だ。

夜の任務の場合は、夜間照準器とスコープが必要になるので、予備のバッテリーは常に持っておかなければならない。自動小銃は、泥や錆まみれになり、ものすごく汚れるので、汚れ落としセットも必要だ。あとは、手榴弾などの追加弾薬、ロケットランチャーやグレネードランチャーなど、携行したい専門的な装備を持って行くといい。

冷え込みは相当なものなので、寝袋はとても役立つが、荷物の中で一番かさばる。防寒のために重い寝袋を持って行くか、持ち運びやすい、軽い寝袋を持って行くかを考えておくといいだろう。どれくらい暖かくして眠りたいか、どれくらい寒さに耐えられるかによる！　ちなみに、私はたとえかさばっても、どっしりとした寝袋を選ぶ。

そういうわけで、出発する前から、軍服やらその他、こまごまとした荷物で重くなってしまう。だから、身軽に移動できることを心がけている。洗面セットや歯ブラシも忘れずに。地上で長時間立っていることが多いので、重さを最小限にした荷物で行くことを考えた方がいい。時間が経てば、その分、荷物は重くなる。だが、訓練を受けた職業軍人なら、寒冷地や炎天下での任務の経験から、何が必要かを判断し、理解できるはずだ。二日から三日、四日、五日……任務の長短にかかわらず、地上にとどまるために何が必要かを学ぶのだ。

ウクライナでは、兵士は陸上にいられるし、ひっくり返ったトラックに積まれた荷物や装備が道路に散乱していたので、水や弾薬不足に悩まされることはなくて、ツイていたよ。過去の戦闘経験から、横転したままほったらかしになったトラックから、砲弾を拾うことができたのだ。ジャベリンを確保したときのようにね。

もう一つ、欠かせないのが医療キットだ。止血帯と一緒に、ベルトキットに装着するのが一般的だが、私はいつでもリュックサックに予備を入れている。ほとんどの兵士は、自分用以外に、救急医療キットを一つ、別で用意している。それもこれも、バンド・オブ・ブラザーズの概念が身についているおかげだ。

ある時、待ち伏せ中に腕を負傷した隊員が、自分の医療キットを見つけられなかったことがあった。こういった状況だと、緊急事態となることがほとんどなので、本能的に自分のものを取り出して相手の手当てをする。問題は、自分の医療キットを使ったなら、今度は自分も負傷しないように祈らなければならないことだ！　こういう場合の解決策として、お互いの医療キットがベルトのどこにあるかを知っておくといい。とっさのパニックで見落としてしまい、見つけられなくなってしまうこともある。経験則からすると、ベルトキットの右側に装着していることが多いかも。

用語集

全方位防御　あらゆる方向からの攻撃を阻止できるように、外向きに立ち、円陣で防御する戦闘態勢のこと。

バグアウト　速やかに撤退すること。敵前逃亡。

セロックス　致命的な出血を迅速に止血する高性能なガーゼや、傷口をすばやく凝固する止血剤など、外傷治療薬で有名なブランド。

FFD　野戦用包帯。外傷で大量出血した際の処置に使用する、吸収力に優れた包帯。

ギリースーツ　木の葉や雪など、周囲の景色に溶け込めるようにデザインされた迷彩服のこと。

GPMG　汎用機関銃。

港湾隊形　森林地帯に入った兵士の集団が列をなして防御線を張ること。

港湾隊形の特徴　すばやい移動によって位置取りされる三角形の隊形で、全員が外向きの隊形をとる。

IED　即席爆発装置。

ISTAR EOD　情報収集・監視・偵察・目標捕捉および爆発物処理を担当すること。
ジャベリン　一人で持ち運べる、中距離対戦車ミサイル。
マンアウェイ　勝手に、単独で部隊を離れてしまった兵士のこと。
マンダウン　部隊のメンバーが倒れ、動けなくなること。
NLAW　次世代軽戦車兵器。「究極の戦車キラー」ともいう。
OP　監視所。
PKM　機関銃の一種。
ポンチョ　コート、防水シート、隠れ蓑、毛布など一つで何役もこなす、耐水性のあるケープのこと。
RPG　旧ソ連が開発した携行式ロケットランチャー。
SBU　ウクライナ保安庁の略称。
スコープ　望遠鏡のような視界が広がる照準器のこと。
シャムリー　交戦中の敵を見つけるために、暗闇を照らす手榴弾。
SOCOM　特殊作戦軍のこと。
警戒態勢　警戒しながら準備を整えておくこと。
グレネードランチャー　自動小銃の銃身に吊り下げて使う、手榴弾のようなものを発射する装置。
ヴァロン　地雷探知機と金属探知機のブランド。

謝辞

以下の方々に、感謝を申し上げたい。

ウクライナで出会った人たち

通訳者として、すばらしい役割を果たしてくれたヴィッカ・クロトヴァ。本書にある体験は、ヴィッカなくして成し遂げられなかった。ヴィッカの友達、知人全員。とりわけ、アレックスに。サード・ウェーブのアリソン・トンプソン。本書にある体験は、アリソンがいたからできたことだ。マリア。指揮官のサルマット（アンドリーイ・オルロフ）。私の命を救ってくれたシュム（オレグ・シュモフ）。リアクトエイドのユーウェン・キャメロンとクレイグ・ボースウィック。リアクトエイドの救助支援がなければ、私はウクライナに残ったままだっただろう。救いの手をさしのべ、支援してくれたソニー・D。PSSのロブ・パックスマン。

ウクライナ航空救難団の人たち

パイロットのヤニック・シュトゥーベ、マクシミリアン・シュミット（マックス）。飛行機の調整役を務めたケイ・ウルフ、フィオナ・ナイト。BBCのエマ・ヴァーディーを始めとするチームの皆さん。人をもう一度信じてみようと思わせてくれた、親切な見知らぬ人たち。

イギリスで出会った人たち

ブリストルのサウスミード病院内にあるノースブリストルNHSトラストのスタッフ全員。本書の序文の執筆を引き受けてくれたクリス・プレザンス。私の家族：そばにいてくれた父さん。そして母さんや兄妹たち。本書の出版社代表のブレンダ・デンプシー、そして、編集担当のオリビア・アイジンガーや制作・製版・校正担当のザラ・サッチャーを始めとする出版担当チームの皆さん。本書を世に送り出せたのは、間違いなくチームの皆さんのおかげだ。

訳者あとがき

二〇二二年二月二四日、ロシアがウクライナへ侵攻したことから戦争が勃発。二〇二四年八月現在、今なお終結の兆しが見えていません。

　本書は、イギリス陸軍の退役軍人である著者のシャリーフ・アミンが、陸軍時代に培った経験や知識を活かし、ウクライナで義勇兵として、さまざまな軍事的な支援に従事した日々を綴った手記です。


　イラク人の父と、イギリス人の母をもつ著者は、複雑な家庭環境で成長します。家族の問題がたびたび持ち上がり、毎日、不安だらけ。ただ、そんな彼の心のよりどころだったのが、尊敬する父の存在です。また、四人のきょうだいとの仲もよく、ペットも加わって賑やかな少年時代を過ごしました。

　ところが、父の仕事の都合でイギリス北部のケグワースへ転居すると状況が一変。あからさまな人種差別を受けるようになります。自分は生まれた時からずっとイギリス人だと信じて疑わなかった著者にとって、父の出自が原因で自分が差別の対象になることは、衝撃的な事実として重くのしかかります。

また、多感な時期に差別を経験したことからアイデンティティを確立できず、シャリーフはもがき苦しみます。父が経営するパソコンショップで前向きに働き始めたものの、常に劣等感が彼の心に影を落とし、気づけば、毎日を何とかやり過ごしているだけ。将来の方向性を見いだせず、もやもやとした気分を抱えていた頃、父が、かつて軍隊に所属していたことを知ります。

今後、どう生きていこうか。自分は何者で、人生の目的は何なのか。シャリーフは、改めて人生を振り返り、陸軍への入隊を決意します。

入隊後は、二年もの歳月をかけて厳しい訓練を積み、やがて、アフガニスタンへと派遣され、戦地での任務に就きます。

心身の不調を理由に、九年間の陸軍生活にピリオドを打ったシャリーフ。鬱病を経て、ボディー・ガードの仕事に就くものの、兵士として、もう一度誰かの役に立てないだろうか、という思いは心にくすぶったまま。そこで転機となったのが、義勇兵としてウクライナ戦争に携わることでした。

「今、ウクライナへ渡って軍事的な支援活動をしたい」

シャリーフは、強い覚悟を胸に、ウクライナ行きを決意します。ただ、その道は険しく、問題が次々と起こります。ようやくウクライナ入りを果たした後も、たびたび不条理にぶつかり、何度も予想外の対応を余儀なくされるのですが、彼は、ブレない信念を支えに、いくつもの困難を乗り越えていきます。

さまざまな支援活動を行う中で、シャリーフは、民兵を含めた兵士たちへの軍事訓練で、その手腕を発揮します。とりわけ、徴兵制度によって集められた民兵は、軍事知識をほとんどもたずに入隊しているため、指導にかなりの労力が必要であることは、容易に推測できます。祖国や家族を守りたいという民兵の意思に応えるべく、シャリーフは全力を尽くします。やがて、さまざまな訓練で彼らを鍛え抜き、立派な兵士へと成長させる仕事は、シャリーフにとって大きなやりがいとなり、さらに自分の人生に価値を見いだせる、という相乗効果を生み出しました。

そんなある日のこと。ロシア軍の先鋒隊の居場所を押さえる任務で、シャリーフが、一団を率いて進んでいたところ、ロシア軍の攻撃に遭遇し……。

戦争は、実に多くの命を奪い、心身ともにズタズタにするおぞましい犯罪行為です。何の罪もない一般人の多くが犠牲になり、家族は引き裂かれ、人生そのものが大きく揺るがされてしまいます。

また、生き物の命が犠牲になっていることに加え、文化財を始めとする、価値ある美しい歴史的建造物が、戦争によって次々に破壊されています。UNESCO（国連教育科学文化機関）の発表によりますと、戦争開始からちょうど二年の、二〇二四年二月の時点で、ウクライナでは三百五十もの文化財が戦火によって損壊したと報告されています。
ウクライナ在留中のシャリーフにとって、「帰る」場所だったオデーサは、国内有数の美しい景観を誇る都市。ただ、本文中にも出てくるオデーサの救世主顕栄大聖堂も、二〇二三年の七月の爆撃により、残念ながら損壊しています。ヨーロッパ各国のすばらしい様式を取り入れた、趣のある景観が、見る影もない無残な光景に変わっていくのは何ともやるせないものです。

シャリーフの一人語りだと見えてこない本当の姿が、シャリーフを取り巻く別の支援者のエピソードによって、多角的に捉えられているのも、本書の読みどころの一つです。
決して奢ることなく、ウクライナが自由を勝ち取れるように「救いの手をさしのべる」「今の状況をよくする」という共通の目標をもって行動を起こすことこそが、支援を行う上で、何物にも代えがたい強い力になるのかもしれません。

一刻も早く戦争が終結することはもちろん、戦禍に苦しむ人たちが、一日も早く傷を癒し、立ち直る力を身につけ、復興していけるように、一人ひとりが寄り添い、協力できる世界でありますように。読者の皆さんにとって、本書から、シャリーフを始めとする支援者の情熱に触れ、少しでも戦争について考えるきっかけとなったなら、訳者としてこれ以上に嬉しいことはありません。

本書を訳すに当たり、翻訳家の加藤今日子さんのお力をお借りしました。ありがとうございます。
また、今この作品を日本の読者に届ける意義を感じ、原書と訳者との縁をつなぐとともに、訳文に丁寧に目を通し、的確なご指摘およびアドバイスをくださった編集担当の善元温子さん、アンフィニジャパン・プロジェクトの水科哲哉さんに、心より感謝申し上げます。

二〇二四年　処暑

神原里枝

www.thetimes.co.uk/article/i-shouldnt-be-alive-saysarmy-veteran-shot-in-ukraine-hrkjrswsh

バンド・オブ・ブラザーズ
en.wikipedia.org/wiki/Band_of_Brothers_（miniseries）
www.imdb.com/title/tt0185906/?ref_=nv_sr_srsg_0_tt_8_nm_0_q_band%2520of%2520brothers

ダーク・エンジェルズ
www.da-rr.com

『BBC ワールドニュース』と、BBC の記者、エマ・ヴァーディーについて
www.bbc.co.uk/iplayer/episode/m001jh60/our-worldbrits-in-battle-ukraine
www.ukraine-air-rescue.de/december-20th-2022

戦地の女性たち
www.aljazeera.com/news/2022/9/17/meet-thewomen-joining-ukraines-military-amid-russias-invasion

大統領夫人
en.wikipedia.org/wiki/Olena_Zelenska
www.bbc.co.uk/news/world-europe-63743657
www.washingtonpost.com/politics/2022/07/20/ukraine-olena-zelenska-congress/

動画
シャリーフ・アミンの部屋
www.youtube.com/watch?v=eZBNVWajlmk

参考文献

Kempton, Beth, *Freedom Seeker: Live More. Worry Less. Do What You Love.*, Hay House, 2017
Thompson, Alison, *The Third Wave: A Volunteer Story*, Bantam Doubleday Dell, 2011

慈善団体・組織

リアクトエイド
www.reactaid.co.uk
セービング・ウクライナ
www.savingukraine2022.com
サード・ウェーブ
thirdwavevolunteers.com
ウクライナ航空救難団
www.ukraine-air-rescue.de/en
ゴースト・コンセプト
theghostconcept.org

参照URL

少年時代、十代、一人前の男
childrenlearnwhattheylive.com
www.psychologytoday.com/gb/blog/socialinstincts/202204/how-traumatic-childhoodexperiences-affect-people-in-adulthood
centreforearlychildhood.org/building-a-healthy-brain/
www.ncbi.nlm.nih.gov/books/NBK560487/#

イギリスから来たコサック
www.theguardian.com/world/2022/feb/27/ukraine-appeals-for-foreign-volunteers-to-join-fight-againstrussia

ノルマン旅団
https://x.com/BrigadeNormande

ジェームズ・フォーリー
www.nytimes.com/2018/12/21/arts/design/jamesfoley-bradley-mccallum.html
jamesfoleyfoundation.org

前線
www.dailymail.co.uk/news/article-11376645/Britishveteran-shot-multiple-times-blown-artillery-fighting-Ukraine.html
www.mirror.co.uk/news/world-news/brit-armyveteran-shot-ukraine-28379960
www.thesun.co.uk/news/20257981/hero-fightingukraine-survives-gunshots-bombing/
www.dailystar.co.uk/news/world-news/brit-squaddiefighting-ukraine-dubbed-28377094

シャリーフ・アミン（Shareef Amin）

1982年、イギリス西部の都市ブリストルでイラク人の父とイギリス人の母から生まれる。9･11同時多発テロをきっかけにイギリス陸軍に入隊し、アフガニスタンに従軍。9年間の軍人生活を経て退役する。2022年、ロシアのウクライナ侵攻を目の当たりにしてウクライナへ赴く決意をする。

神原里枝（かんばら・りえ）

関西大学文学部卒業。2013年より出版翻訳、実務翻訳に携わる。 訳書にイエバ・スカリエツカ『ある日、戦争がはじまった』（小学館クリエイティブ）、『ビジュアル図鑑 スーパークールテック』（共訳・すばる舎）、タヴィ・ゲヴィンソン『ROOKIE YEARBOOK TWO［日本語版］』（共訳・DU BOOKS）、翻訳協力に『ビジュアル教養大事典』（日経ナショナルジオグラフィック社）他、多数。

FREEDOM AT ALL COSTS
by SHAREEF AMIN

ウクライナへ行《い》ったある義勇兵《ぎゆうへい》

●

2024年9月30日　第1刷

著者……………シャリーフ・アミン
訳者……………神原里枝《かんばらりえ》
翻訳協力……………合資会社アンフィニジャパン・プロジェクト
装幀……………一瀬錠二《いちのせじょうじ》（Art of NOISE）
発行者……………成瀬雅人
発行所……………株式会社原書房

〒160-0022 東京都新宿区新宿1-25-13
電話・代表03(3354)0685
振替・00150-6-151594
http://www.harashobo.co.jp

印刷……………新灯印刷株式会社
製本……………東京美術紙工協業組合

ISBN 978-4-562-07464-8, Printed in Japan